U0136043

客寮聽蟬

——獻給抗日戰爭勝利七十週年

散文・攝影／曹昇之

作者簡介

曹旭，字昇之，號夢雨軒主人，江蘇金壇人。是一個有了太陽還夢雨的學者、詩人與散文家。

一九八八年獲復旦大學首屆文學博士學位。

一九九三、一九九六、二〇〇一、二〇〇三、二〇〇七年，分別赴日本東京大學、京都大學、香港中文大學、臺灣逢甲大學、新加坡國立大學訪問講學。

現任上海師範大學特聘教授、博士生導師、圖書館名譽館長；國家重大項目首席專家、上海市文史研究館館員、中國作家協會散文作家。

待人如赤子，演講有激情，以眞善美爲宗教；相信文字的魔力，喜歡書法、攝影；喜歡白話新詩、文言律詩、喜歡邊走路邊唱歌。

著作多種，自己喜歡的有《詩品集註》、《詩品研究》、《古詩十九首與樂府詩選評》和散文集《歲月如簫》、《我是稻草人》。

想成爲朋友，互相瞭解，請上網看「百度百科・曹旭」、「國學網・學人曹旭」和「曹昇之博客」。

作者像

作者與莫言合影於奈良

閱讀日本，閱讀自己

曹昇之

一

活到四十多歲沒有乘過飛機，第一次乘飛機就去了日本，這樣的經歷，應該痛哭一場。

爲什麼痛哭？因爲當時大多數中國人，包括大學教授，不見世面的程度，和閉塞的山區人沒有區別；不是沒有雙飛翼，是等燈，改革開放的綠燈亮了，飛機才能起飛。

飛機眞的起飛了，不知爲什麼，我竟帶著幾分慌張，把臉貼在舷窗，看窗外的景色，那是我從未體驗過的心情。

我記得神州的土地，向著天涯，一點點盡了；我記得日本的雲彩，從大海之上，一片片飄來。

在大阪上空，我看見機翼下的高樓像一根根的火柴，汽車像滿街飛舞的甲蟲。在日本的天空，我浮想翩翩。

在雲彩下生活的，是一些什麼樣的人呢？是參加過當年南京大屠殺的那一群？還是，魯迅筆下藤野先生那樣純粹、正直；冰心筆下那些美麗的日本人，我的朋友們呢？

二

到達京都，第二天一早，我行走在乾乾淨淨的大街上，閱讀日本，也閱讀自己。日本是什麼？是中國唐詩宋詞意境的博物館？是一群見人點頭哈腰的謙謙君子？是一隻吃桑葉的蠶？是一個火山國，多餘的能量周而復始地噴發？但首先閱讀的是空氣。日本的空氣怎麼這麼澄澈新鮮？把拍出的照片給朋友看，朋友齊聲說：「啊呀！日本的空氣也是拍得出的。」

接著閱讀的是四季：一千六百多座神社的樓臺，濡濕在鶯啼的春天，濡濕在京都三月的煙雨之中。憑樓臨風，夢雨吹簫，高窗聽雪；不同的佈景；不同的寂寞，不同的心情。書可以翻開，也可以闔上；簾子可以卷起，也可以放下；鳥可以飛來，也可以飛走，散文對季節最敏感，那是人的心情，我愛京都寂寞的四季。

三

閱讀日本，不忘——你正被機器包圍。

在中國生活，你必須天天與政治打交道，與會議打交道，與菜場討價還價的販子打交道；車站、碼頭、學校，到處感受人的擁擠，時間在這種慢節奏生活中大量浪費。

在日本，你不覺得政治存在，沒有開一次會，過一次民主生活。你不用和人打交道，但你必須與機器打交道。不投幣，洗澡水不會出來；不投幣，販賣機的易開罐不會出來。人和人的關係，鄰里間的關係，不靠「感情」維持，而靠「準則」維持。

身在異國，形單影隻，精神空虛，靈魂無依。饑渴的時候，就去綠色的郵局，靠海那一頭信件的乾糧過日子——不習慣？就搖頭苦笑。

四

不能對機器說話，就和自己的影子說話。閱讀日本，也閱讀自己的內心。

我曾是一頭磨台邊的驢子，在一所大學的中文系裡為學生磨麵粉，勝任愉快，覺得就這樣磨下去也很好；因此，無法擺脫脖子上的枷鎖。

在日本，沒有人請你磨麵粉。閑了，閑成無業人員，閑成斷了繩子的經書，閑成麻雀歸去後混茫田野上的稻草人。

最滑稽的是，我是帶著愛國主義的優勢心理，帶著自豪感閱讀日本的。到日本才發現，自己原來是一棵歪脖子樹——那是被一次一次風暴吹過以後，自己都不覺得怎麼歪成這樣的歪脖子樹。

這使我歌；我哭；我潛；我藏；我吶喊；我彷徨。像安徒生筆下忠誠的錫兵，連最擅長的中國古典文學刀矛，都鏽跡斑斑地、斷了缺口地插在地上一動不動。

我是一隻在異國天上中彈的鳥，落在散文的花園裡，斂羽，並舔舐傷口。

五

在日本寫作，散文是我的護照。

在人的價値受到嚴重挑戰的環境裡，散文就是自由；散文讓我逃出意識形態的監獄，逃出失敗、失戀和失望。

我是爲散文而生的。我用一種背對時代的姿勢，孤獨地跋涉在異國，掙扎在思想的泥濘之中。我爲尋找精神支點而寫作，爲尋找價値寫作；爲閱讀日本寫作，爲閱讀自己寫作。把愛國、思鄉變成自己的私情，把「公共話語」變成「私人話語」——是我寫作中遵循的原則。

六

我在日本人鄙視的眼光裡成熟起來、豐滿起來、透徹起來。

在日本的中國留學生，從來都有文學的傳統：從魯迅、周作人、郭沫若、郁達夫就開始了。我們是後之來者，繼承這種傳統是自然而然的事。

在日本的中國留學生都很忙，但在異國的冬天，共同的寒冷和寂寞使我們支起帳篷，成立文學社，升起文字的爐火取暖。

在日本人的大海裡，我們成了孤島。像抗戰時期身陷孤島的文學家——先輩的刊物，前面的叫《荒島》，後來的叫《嵐山》，都有彷徨吶喊的意味。

但適應了機器；喜歡上櫻花；感受琳琅滿目的超市，乘坐四通八達的地鐵；體會日本國民性裡特殊的東西。我強烈地感受到這種東西給我帶來的壓迫，它讓我自慚形穢、奮發圖強。

隨著對日本異文化的理解，我敏感地注意到我對日本人的看法發生了變化。我在每一個變化的地方種一棵樹，豎一塊碑，命一個名，建一個驛站，它們是：

寂之美——物之哀——寮之緣——居之思

——屐之痕——心之燈

以上屬於往昔；當今社會已翻開新的一頁。

與大和民族的日本同處東亞，註定會使中華民族變得更加優秀。在「抗日戰爭勝利七十周年」的今天，寮客和蟬不甘寂寞的歌唱，會有見證歷史、對比現實和意味不盡的意義。

未來的世紀，怎樣和日本做鄰居？閱讀日本，閱讀自己，仍然是一個新的起點。

曹昇之

二〇一四年六月十四日　星期六

于上海莘莊伊莎士花園55號夢雨軒

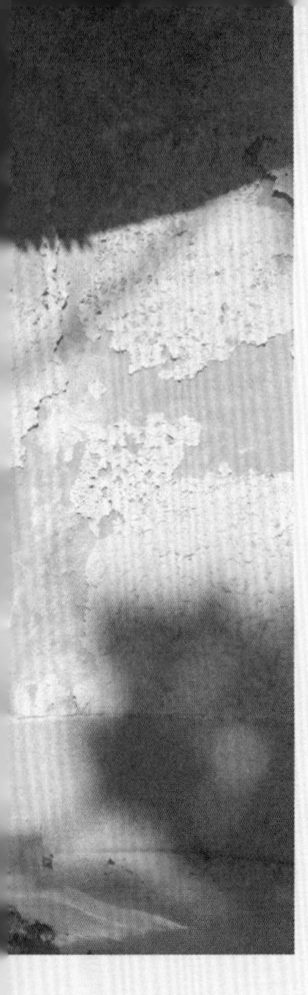

客寮聽蟬

目錄
contents

〔第一輯　寂之美〕

018　京都四季物語：春櫻之卷
023　京都四季物語：夏鈴之卷
027　京都四季物語：秋葉之卷
031　京都四季物語：冬雪之卷
035　京都風情物語：木屋與柴門
041　京都風情物語：櫻花與美人
047　京都風情物語：祈雨節之樂

〔第二輯　物之哀〕

054　踏歌走東瀛
059　京都狗
065　客寮聽蟬
071　客舍枇杷
078　夜歌鴨川
082　中秋詞
086　獨坐吉田山
093　光華寮祭
119　老寮生的風鈴

〔第三輯　寮之緣〕

126　寮的小窗
131　寮門靜物
138　賞　花
142　秋的「大文字」山
147　雪的舊巷
152　京的藍染
156　木屋四鄰
161　南座看歌舞伎：日本觀劇之一
165　中國慰問團赴日演出：日本觀劇之二
169　光華寮看《烈火金剛》：日本觀劇之三
173　破氈帽先生走了：寮友之一
177　上海紅衣女孩的囧事：寮友之二

〔第四輯　居之思〕

186　在東京倒垃圾
192　納　豆
197　日本米
226　渋谷雨
232　不餓不飽：日本人請客吃飯之一
238　雷大雨小：日本人請客吃飯之二
243　看日本探索電影
253　換　書
258　木屋與水田
263　六月的一件小事

〔第五輯　屐之痕〕

272　初　航
275　船在公海上航行
280　初到神户
285　暈　船
290　歸　航

〔第六輯　憶之燈〕

298　夢　雨
304　憶　柳
308　憶江南
312　春　子
324　後　記
331　【附錄】《中國散文通史》評價

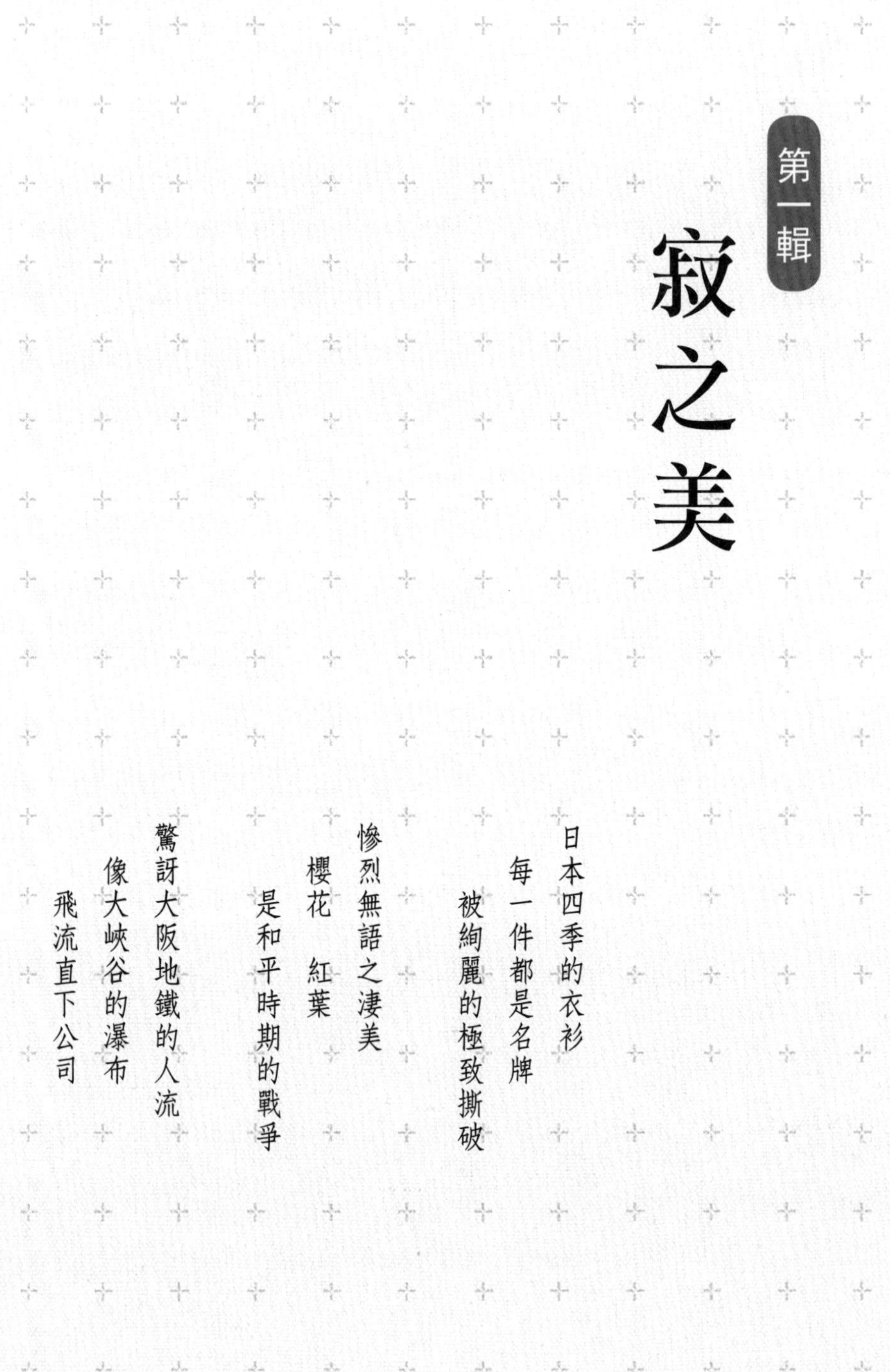

第一輯 寂之美

日本四季的衣衫
每一件都是名牌
被絢麗的極致撕破

慘烈無語之淒美
櫻花　紅葉
是和平時期的戰爭

驚訝大阪地鐵的人流
像大峽谷的瀑布
飛流直下公司

花下鳥的醉歌
融入文學
也成和歌的韻律

我羨慕得徹夜難眠　直到
在清晨大海中漂浮的島國
漸漸亮出它金屬鋥亮的毛羽

京都四季物語　春櫻之卷

櫻花，春的卷首語。

一

去東瀛，為的是——在櫻花樹下踏歌。那種境界，唯有斜倚江南的小閣，對半湖煙水聽殘荷的雨聲可以比擬。為了見到夢中的櫻花樹，我來到日本京都。

京都清水寺向陽石階前的櫻花——開了；哲學小道傍山根的櫻花——開了；鴨川兩岸水邊的櫻花——開了；滿京都的櫻花一起響亮地喊出口號——我們開了。

二

櫻花滿開如辣妹唱搖滾樂。滿枝、滿樹、滿街、滿河川，對著春天的麥克風，發瘋地勁舞，發瘋地扭動，彩色的頭髮舞在風裡。

上村松園
展

一時花山花海，如歌、如雪、如錦、如霞，轟轟烈烈。此時，有人家在花樹下撐一把大紅傘，在陽光最燦爛、最安靜的中午，一個穿和服的女子在傘下亭亭玉立，豔麗得像天女下凡，令我不敢正視。

三

平時街上，是行走匆忙的日本人，無暇旁顧的日本人，埋頭苦幹的日本人。東京、大阪的上班族一出地鐵，像大峽谷的瀑布，飛流直下公司。

匆匆的腳步，律己的生活，在城市殘冬的苦澀中，他們渴望有一種花，開遍世界，染紅世界，芬芳世界；紅得像火山熔岩的花，把一年的鬱悶發洩出來——這就是櫻花了。

爲了這一刻，京都的八阪神社公園，櫻花還沒有開，日本人和日本公司已提前在櫻花樹下鋪塑膠布，爭奪賞花地盤。在櫻花樹下動粗動武，不可開交，有的在地上寫著「告地狀」，員警火速趕來維持秩序。

報紙、雜誌、電臺、電視，爭相播報櫻花開放的消息，播報由北向南移動的「櫻花前線」。日本國民關注櫻花的程度，超過了日本的首相選舉。

四

當櫻花滿開，花訊潮水般地湧過來，家家戶戶打開窗子，把衣服、被子曬出去，接納花光；然後傾城出動，舉國若狂地追逐櫻花的芳蹤。宴罷紅雲歌絳雪，東皇第一愛櫻花。此時，鳥從樹上飛起，翅膀振落花瓣；人在樹下走過，肩頭碰落花瓣。賞花的、觀光的、湊熱鬧的、各國旅遊的、攜壺的、背相機的、男女相依的：人人同唱櫻花歌。

此時，花下的行人最多；行人中，女人比男人多；女人中，穿和服的女子，比不穿和服的女子多；穿和服的女子，京都比東京多。

五

鴨川的三條、四條，掩映在櫻花樹兩岸，是一片亭臺樓閣，京都著名的繁華旖麗之地。

有佳人三千，鶯啼比鄰；香巢愛窩，燈紅酒綠。從東岸花間小路歸來，走過沿河的先斗町，左顧右盼。人醉倚斜橋，滿樓紅袖招。

此時，憑欄可以把盞，臨樓可以吹簫；臥醉可以聽鼓，卷簾可以窺人——這就是蓬萊仙境；這就是以中國南宋臨安為摹本的——京都的櫻花節了。

六

櫻花落後，賞花人又回到生活，回到辦公室，回到苦澀的人際關係中。一絲不苟，默默地工作；忍受痛苦，過節儉的生活。

但有花的時候，不能沒有酒；有酒的時候，不能沒有歌；有歌的時候，不能沒有醉；櫻花樹下，到處可以看見醉倒的男人，總有美人扶著回家。

呼朋喚友，攜壺高歌，縱情狂歡；舞在花下，醉在花下，享受在花下；用南風、用四月、用酒、用忘我的境界，去釀造生命的美麗。

春風吹開了花，也吹折了花；春光的花世界，又被春光收拾去；春天成了酒，梅子醃漬起回憶。

直到柳也慘慘，水也潺潺；春也過頭，鳥也啼瘦；櫻花也卷起行囊回家，幾天後便消失在鴨川河邊；它們和傷感的情緒一起，進入日本文學，變成和歌和俳句的韻律。

轟轟烈烈於頃刻，光華燦爛於瞬間；在絢麗的頂峰隕落，成慘烈無語之淒美——這就是日本，這就是京都？這就是四季——櫻花的卷首語麼？

京都四季物語　夏鈴之卷

京都夏季最美的聲音——是風鈴；風鈴爲古寺押韻。

一

風鈴笑著，一串串的聲音，從寺院的飛簷上一滴滴響著，漏著；漏進古老的和歌裡；此時，京都的風鈴鳴響，趕來爲它們押韻。

春的風鈴，鶯啼言語；夏的風鈴，蟬鳴高枝；秋的風鈴，木屐襯托涼夜的寂靜；冬的風鈴，高窗聽雪，便有喑啞的聲音。

二

積雪尚未化盡，春天濕淋淋的雨靴；屋簷滴滴答答地響個不聽；拉開窗簾，燦爛的太陽，正在融雪。

接著，櫻花滿開，天地緋紅起來，鳥盡情地啼，風盡情地吹；借助春風，簷下的風鈴像一群剛放學的女學生，「格、格、格」地笑得前俯後仰，衣帶飄飛，按也按捺不住。

以風鈴爲主題的節慶，登場亮相；一年一度的「風鈴祭」，響在我初到日本新鮮的感覺裡。

三

風鈴從中國傳響日本千年，在日本五顏六色，名目繁多：岩手南部的鐵風鈴，會津喜多方、江戶、沖縄的玻璃風鈴，愛知瀨戶的陶瓷風鈴，大分別府的竹器風鈴。質地不同，聲音不同；有的古樸、厚重；有的清脆、美妙，有金屬的穿透力；有的畫著花卉人物，玲瓏剔透；有的樸實、沉著、和順；再加入竹編工藝，令人愛不釋手。

風鈴是時間的短信；佛寺之時鐘。從塔寺的簷角，進入日本的千家萬戶；從辟邪除邪，到窗前聆聽，成了老百姓的音樂。

我窗前的這一只——是我的前輩在超市裡買玄米茶，作爲添頭送的。那是——買了味覺送聽覺。

四

爲了迎風，風鈴下面有一條長長的「舌頭」隨風擺動，日本人稱它「短冊」，那是和紫式部《源氏物語》中女孩子一樣雅致的名字。凡美好的東西，日本人總喜歡起一個女孩子的名字。

短冊上的草書，是中國王羲之《十七帖》的字體；王羲之的草書被日本人拆成平假名以後，寫得極其飄逸；像風的尾巴，可以舞到天邊。初到日本的我，覺得奇怪，爲什麼日本人的書法往往寫得好，現在知道，他們天天寫平假名、片假名，就等於天天練王羲之的草書了。

令我驚奇的是，老一輩的日本人都能背誦陸遊的詩：「毒暑今年倍故常，蟬聲四合欲升床。老人不必搖團扇，靜聽風鈴意已涼。」好像王羲之和陸游不是中國人，是日本人。日本對中國傳統文化的態度，往往——當成自己的。

有人說，日本的京都，是保存中國六朝和唐代最好的博物館；許多在長安、洛陽、江南已經失傳的好東西，你可以在京都找到。

我常常有這種感覺，走在先斗町或木屋町——就像行走在唐詩宋詞清新雋永的句子裡。

五

風鈴代表了風，代表了鈴，代表逝去的歲月。

寫這篇文章的時候，門一直開著，風一直吹著，風鈴響得我走了神；感觸在我心裡源源不斷地湧現出來，在迎面的風裡，我獨自坐著書寫。

從中國江南、長安來的風鈴啊，故鄉最美的銅、最美的風、最美的韻、最飄緲的情致。

我聽的時候，你已經融入日本的四季，響在京都初夏的卷帙裡。

京都四季物語　秋葉之卷

有一種美，叫——秋天；飄落的秋葉如美人。

一

京都一千六百多座神社的樓臺，春、秋最爲勝佳：一是濡濕在三月霏霏煙雨中春的鶯啼；二是紅得透明、黃得透明的樹暈染出秋的山脊。

秋風把魚鱗般的雲，席子一樣卷起來，堆在天邊；此時，山谷的風便小號般地吹起來。京都人便聆聽秋天音樂這華彩的篇章。

紅葉勝過櫻花——日本人如是說。日本最美的景色，不是櫻花，是紅葉。

有人做過測試，向街上的行人發問卷調查：你最喜歡的景色，是櫻花？還是紅葉？結果，喜歡紅葉的人比喜歡櫻花的人多。也許春天過敏的花粉使愛美的日本少女臉上生出難看的「小豆豆」；也許，越來越多的日本人覺得，秋天的紅葉，比春天的櫻花更鮮豔、更有內涵。他們說，櫻花有粉紅的臉、綠葉裙子，是少男少女的美；而紅葉代表層次更高的完美；也許，日本人口老化，已經進入秋天？

二

黃昏的鳥隊，在天上飛過，書寫一首詩：

紅葉——秋天的名牌。

季節的舞臺：春紅由花兒領銜；秋絳由葉子主演。雖然都是青春一霎兒間，但春天是花旦，秋天是青衣；招式不同，效果也不一樣。

花開得轟轟烈烈、如火如荼；葉子無聲無息、永遠是陪襯，低調得多。

但思念人的時候，題一首詩，花上沒有辦法；只能題在紅葉上，隨水漂出自己內心幽閉的宮牆。

三

當京都的櫻花像得寵的貴妃，美麗得傾國傾城的時候，楓葉還是一個侍從，一個端盤子的服務生；是佳人身後陪襯的丫鬟。

但櫻花謝了。楓葉經過夏天的歷練，在月白風清之夜，喝了秋霜勸的酒，便不勝杯酌，酩酊大醉。臉紅到脖頸，紅得透明，紅得不敢照鏡子，紅不勝紅；紅得也成了貴人，變成佳麗，變成「醉酒」的楊貴妃了。

四

在藏著詩碑的嵐山，空氣清爽，呼吸是一種享受。

此時，秋江如練，紅樹如染，遊人如織。

飄墜的紅葉，安安靜靜地躺在地上，像一個仍有體香的睡美人。印度大詩人泰戈爾說：「生如春花之絢爛，死如秋葉之靜美。」就是這種境界。

在繽紛的紅葉下喝茶，葉子落在茶杯旁，茶立刻紅了；嵐山楓林，美在鳥的呼喚中。

五

從嵐山歸來，晚霞在飛，鴨川在流，霓虹燈、車燈和紅樹閃閃爍爍，映成一片。川無靜樹，天有流雲；風中可聞仙樂，路上滿是暗香。

此時，地鐵、公交、路上突然擁擠起來——出門俱是賞葉人。

春天賞花，秋天賞葉，加上各種各樣的「祭」，一年到頭，日本的四季不再空閒；電視的節目不再空閒；報紙的副刊不再空閒；人心的期待不再空閒。

當賞花、賞葉成了一種習俗，成了生活不可缺少的一部分。國民心裡就有了一個美的支點，創造美和欣賞美就成了生活前進的目標和動力。

京都四季物語　冬雪之卷

京都的冬雪，是白雪皚皚的睡眠；只有車站的塔尖和寺的脊背，成爲未被埋沒的景象。

一

走在銀閣寺道中，雪下下停停。

下的時候，不及回避的行人，紛紛抱頭向兩邊躲藏，那些南北小街佈滿的甜點鋪，一下意外地留住許多客人。

突然間，雪又停了；抬頭看，奇景出現了：

京都的冬天，半面下雪，半面出太陽？

是雪太輕盈了，還是受了什麼感動？所有的雪都飄起來，旋轉起來；陽光透過雲層，作金色轟炸機的俯衝。

此時的雪，全都化爲金屑、銀屑，透明閃亮；微微地紅著，微微地顫抖，一排排地倒下來。以為是風吹的？

仔細看，不是風，是強烈、新鮮的陽光，把雪射得改變了方向。而金黃的陽光也被飄雪分割得斷斷續續，晴光四射。

雖然下著雪，但有太陽就不冷，有太陽就明亮，有太陽，心裡就會有一種安慰。有了太陽，飄雪就以輕盈的氣質，迴旋的舞衣，與陽光交錯，乍陰乍陽。

路上舊鹽新絮，輪轍狼籍，「嘎吱」有聲。屋頂一籠統，井蓋黑窟窿，黃車變了白，白車身上腫。

樹上掉落一大塊雪，像三月樹間蜂蝶濺起的花粉。

二

半夜裡，月亮出來了。

月在上界亮著，雪在下界明著；明月在雪光裡，不停地動盪搖晃。

一面出太陽，一面下雪，今人聞所未聞；一面出月亮，一面下雪，古人見所未見；這是唐詩宋詞沒有寫過的意境。

我俯窗，見雪比柳絮更加輕盈。你不注意，或者沒有詩意的眼睛，幾乎看不到；月下柳絮輕且盈，飄雪無聲過屋頂。

此時的東山啊，是美人塗得發紫的嘴唇；白川的冰淩因爲凍住了，溪流沒有一點聲音。

直到冬天將盡，鴨川河岸雖然還覆蓋著一層雪，但冰層下的水，已經帶著耀眼的陽光，漫延到冰面上，「嘩嘩」地湧動著。又冷又新的音樂，牙齒打顫地聽。

三

京都雪後的正午天，橙紅的太陽照著。陽光越來越刺眼，鼴鼠會在很短的陽光裡把皮毛曬得暖洋洋的。

此時，日本人家的陽臺前，一支竹竿伸出來——兩支竹竿伸出來——無數支竹竿伸出來，被子、褥子、大衣、花

花綠綠的衣服，雜然而陳，比春天的櫻花更絢麗——櫻花和花衣服都喜歡向著太陽生長。

收被子的時候，從陽臺上欠出身子的人，揮動藤拍，一陣「劈劈啪啪」地響，把冬天的灰暗，拍成塵霧。然後，把下午最好陽光抱回家，平鋪在床上。

四

但是，什麼時候融雪呢？

等家家戶戶把曬完的衣被收回來，京都一片雪，萬戶拍衣聲；屋簷下淅瀝不斷；小閣上的風鈴響起來，早春就不遠了。

京都風情物語　木屋與柴門

在京都，見到小木屋，見到柴門，就像見到最普通沉默的日本人。

一

從東京到橫濱，從神戶到奈良，從大阪到京都，一路列車窗外，全是一排排小木屋。家家屋頂上，電視機天線像三月陽春翩翩起舞的蝴蝶，雖然有點亂，但帶來色彩和音響的世界。

日本人家的風景，經常是，小小的院牆，圍著小小的柵欄；小小的柵欄裡，放著小小的花盆；小小

的花盆裡，開著小小鮮花。小小的鮮花旁邊，松樹們都修理得乾乾淨淨，新剃了頭，像農村誰家上門的新女婿，齊刷刷地列在院子的四周。

小是日本文化。此時，出牆的，是極袖珍的美：三竿兩竿的竹，一枝半枝的花；簷間，花與竹相映；院外，果實累累的柿子樹，便與小木屋一起出鏡。

二

木屋和柴門是一主一僕。

柴門爲主人看家，守住小木屋；木屋也選擇柴門。它們最匹配，木屋和柴門都拒絕與鋼筋水泥合作。

在風雨面前，水泥老化，鋼筋生銹，因爲風雨把它們視爲敵人，摧殘它們的時候，一點都不留情，拼命地搖撼，使勁地敲打。

但是，柴門不同。柴門是風雨的朋友，柴門甚至可以像留住朋友一樣地留住風雨，可以讓風雨在門隙裡穿來穿去地做遊戲。

三

走進小木屋的巷子，像走進春天的童話；長長的巷子，找不到人家。巷外是哪裡？木屋小巷，常常令人期待。

我喜歡一個人走在木屋巷子的深處。一個人行走的時候，四周很安靜，很簡樸。你可以很隨意，很從容，一點不拘束地從一家一家門前走過。此時，遠山近水，柴門花樹，賞心流亮；在春的小木屋前穿行，欣賞別人的風景，是最愜意的事。

四

拜訪朋友，不認識路，手裡拿著門牌號碼，像迷路的春風，在巷子裡亂穿。

朋友的木屋，有時找得到，有時找不到。因爲——家家戶戶，木屋門巷多相似，處處小巷枳殼花。

在小巷裡，不看地圖，不問人，不用指點——不通了，再回頭；我常常乘興而往，興盡而返，不去問，哪裡才是朋友的小木屋。

迷路是一種享受。寧可迷路，不要敲錯門。

最怕門一開，出來一位老太太，或一位小女孩，一看不認識，趕緊說「對不起」，轉身就走。

還有，誰家院子裡竹子好，你不問主人，就進去觀賞，說不定有惡狗撲上來。

有狗人家的門上，會貼著一個「犬」字，掛著「猛犬」的惡狗牌。家藏猛犬請注意，院有好竹問主人。

五

我不知道，唐代劉長卿家的柴門上，有沒有掛「犬」或「猛犬」的惡狗牌？

但掛不掛都沒有關係，因爲木屋是相同的，紅紅的爐火是相同的；一聲近，一聲遠的犬吠是相同的。假如在風雪的黃昏，在蒼山暮色之中，過了積雪的板橋，只要有腳步聲，狗一定會咬，門一定會開，人一定會從遠方平安地歸來。

狗吠使蒼山和木屋變遠，在京都，狗一吠，巷子就深了。

六

日本人以木爲美，以樸素爲美，以自然爲美，小木屋成了木造文化的象徵；那是劉長卿和許多中國詩人共同參與釀造的東方美學意境。

春雨瀟瀟的小木屋，秋風黃葉的小木屋，白雪覆蓋的小木屋，我夢見你的屋頂，升起一片故鄉的紙鳶！

京都風情物語　櫻花與美人

櫻花與和服美人，是一幅絕配的圖畫。

一

鴨川名所佳處。寬闊的河堤，是老櫻樹聚會的地方。河邊老幹橫斜、根須突走、清奇古怪、不可名狀——那是京都前朝的孤臣遺老，在議論新的朝政。剛飛來年輕的白鷺不懂，但河對岸杏黃色的酒旗知道，京都賞櫻，除了東山、南禪寺、清水寺，便是鴨川河堤東岸了。

二

那一次，我如清婉少年一般路過河沿。

在一株高達丈餘，團團如傘，落英似雨的櫻花樹下，有一片碧綠的草地；在如茵的碧草上，鋪著一張米黃色的榻榻米，顏色鮮明。

榻榻米上，五、六個穿和服的日本女子，以極其優美的姿勢團團圍著、坐著，身前是花，身後是花，頭上是花，地上是花；花間一壺酒，歪著小酒盅。酒盅旁邊，是金彩的螺鈿盒，盒裡裝著日本的甜點心。

她們穿著粉紅的和服，如雲、如櫻、如霞，和身邊花的笑靨映成一片。面對鴨川，她們很優雅地賞花、品茶、吃小果子，也眺望著遠山。

美人對山水，望之若神仙。我從未見過人與花、與山、與水這麼和諧美妙的絕配——那是四月中旬，一個陽光燦爛的下午。

三

沿河堤走的我，腳步開始遲疑，不敢走進她們的圖畫裡。

我怕我的鞋印，會踩壞她們畫卷的邊緣；便想從川流不息的川端，或從喧囂奔流的鴨川邊上繞過去。

但是，兩位女子已經站起來，好像認定有緣分一樣，點頭笑著和我招呼，微笑著請我過去；坐著的，正在騰挪位子，其中一位朝著我做了一個手勢，用日語說：「歡迎您。歡迎您。」請我坐在她們中間，參加她們的小聚。

是過生日吧！當時給我的第一感覺，就是她們中間有人過生日？再看氣氛不對；以爲過生日的我眞是一個俗物。

她們在春和景明的屛風前坐著、談著、品賞著，純粹是對美的領悟，對花的欣賞。爲什麼非要過生日或達到什麼目的才這麼坐著呢？在良辰美景前面，功利心是一劑毒藥。

要說過生日，就算爲櫻花過生日吧！欣賞風景本身就是過節；我們應該把四月陽光燦爛的每一天，都當成花的生日。

對她們的邀請，我點頭微笑。但沒有坐下去，我覺得不配；俗物不敢敗人風景。

我的鞋子太舊、襪子太髒，坐下去會弄髒她們的榻榻米。我只能像大孩子似的，傻傻地站著，像站在唐詩宋詞意境中間的一個牧童——朝著遠遠的山，淺淺的水，潺潺的鴨川——發呆，我覺得我站著發呆和畫面很和諧。

四

等我緩過神來朝她們看時，不禁驚呆了——

望若神仙的她們，不是女孩子，而是塗過脂、抹過粉、染過髮、畫過眉，精心打扮，衣服鮮麗，年紀約莫六十多歲的一群老婦人。

她們，每年都這麼欣賞美景，欣賞櫻花嗎？

還是，她們年輕的時候一直很忙，無暇顧及風景；直到退休的年紀，才有了寬裕的時間，閒適的心情；才三五成群地，攜著酒，提著螺鈿盒，來到河堤下，以遲暮美人的身份，品嘗這遲到的美麗呢？

一陣風過來，櫻花隨之起舞，花瓣斜了，偏了，落下，旋轉、飄忽，紛紛揚揚。

飄落的花瓣，落在河裡，落在如茵的綠草上；落在米黃的榻榻米上，落在婦人粉紅的衣服和髮髻上。

花飄過來的時候，她們臉色如玉，一點也不驚慌；風過去以後，她們重振衣袖，輕輕地拂去身上的花片；在互相拍去對方肩上、頭上落花的時候，也互相品嘗對方眼中的自己。

我忽然有一種感傷。

以前在咖啡店，我也經常看到一些日本老婦人，優雅地坐著，圍成一圈，互相依偎，品嘗咖啡。

她們在等待什麼，又不等待什麼；欣賞別人，更希望被別人欣賞。舉手投足間的遲疑，充滿了淒美。

五

幾個日本男人從川原上過來，又過去。

他們低頭走路，沒有朝天看，也沒有朝她們看。這種景象太常見了？或者日本男人太勞累？審美能力下降？寂寞使她們互相欣賞；對走過河堤的我，熱情相邀。

我心裡充滿感動和留戀。因爲遲暮的美最動人。以致我走出畫卷，一步一回頭，直到河堤花樹相連，夕陽川流滿地。

六

第二天，爲了尋找什麼？也許不尋找什麼，我又走過河堤。見樹仍在，川還流；花又飛，但如茵的草上，榻榻米不見了，酒壺、漆盒、小果子不見了，穿和服的日本婦人不見了——她們已經走了。昨天的一切——都已成爲過去。

今天風更狂了，櫻花如漲潮的鴨川，加上地震海嘯，夕陽下，一片狼籍。

這就是日本的——「物之哀」麼？這就是日本美的本質，人生如櫻，來也匆匆，去也匆匆，短短一瞬麼？

京都風情物語　祈雨節之樂

今年八月二日，是日本京都感恩水神的「祈雨節」。

一

京都盆地四連山，又旱又熱，不下雨，老百姓向天求雨，希望賜一點雨水，拯救生靈。求雨成了京都的大事，成了傳統，成了節日。

管寮的老馮說，快去看啊，難得的，平安神宮公園裡舉行「祈雨節」。我騎車趕往平安神宮公園。

二

未至公園，已見遠天燈光四射，鼓簫吹唱；隨著晚風傳來，漸行漸近；既至公園，迎面高大的旗幡，寫著「第26回江州音頭京都大會」。中央是一個高臺，四角紮著彩旗，東南西北，四方土地。

台正東有六人組成的小樂隊，胡琴、琵琶、日本笛、大鼓、銅鑼，一女子滿臉塗抹成白色，如歌舞伎，只露出一雙眼睛，對著擴音器歌唱。

臺上一人唱，臺下千人和；有合有分；互相輪換，一忽兒，白臉舞伎換成一個紅臉老漢。

老漢敞著衣襟，手執蒲扇，抬頭朝天，祈求神靈幫助的語調充滿了悲哀；嘶啞的聲音，在晚風中忽高忽低，忽上忽下。

祈雨如戲；祈雨成戲。仔細聽，「咿咿呀呀」的歌詞，一句也聽不懂。問日本人，他們也說不懂。但我們不懂不要緊，只要神靈懂就行了。祈雨之樂，樂在歌者。

三

此時，臺上的人翩翩起舞，各色旗幟，像古代行軍打仗。寫著「滋賀銀行」、「清木建築」、「王子制紙」、「和平堂」、「京都新聞」的字樣；每個贊助單位的舞蹈隊，你方舞罷我登場，輪流向京都的水神獻上自己的殷勤。

臺下的人狂熱地繞著圈子舞蹈，所有跳舞的人，都穿著木屐。也許，古代人是穿木屐的，水神聽慣了木屐的聲音，就認木屐了；但現在五花八門，穿皮鞋的、跑鞋的、高跟鞋的、耐克的、阿裡達斯的，祈雨的紙扇也改成塑膠的，但神亦與時俱進，全都認可，並不見怪。

木屐聲與揮手的節拍，其節奏之清朗，聲音諧美，和著舞袖，遮著燈光，在人臉上光怪陸離，乍陰乍陽。

四

我是一個看客，沒有介入，但我注意到，多數日本人跳得很虔誠，歡樂詼諧，邊跳邊唱，主客盡歡，人神同樂。所有的舞者當中，最美麗的是一群穿和服的女子，她們來到的時候，如櫻花雨落，彩霞飛臨；如九天仙子，絳紅歌雪。木屐清歌娛神，和服霓裳飄舉。她們不是走來的，是一大片大一片飄來的。

我注意到了，舞得最起勁的，是那些中年有些發胖的婦女；她們動作幅度最大，扭動得厲害，

熱情也高，她們參加的目的，也許想一舉兩得，又敬了神，又減了肥？

最令人驚奇的，隊伍裡竟然有一支「外國軍團」。一群洋人，夾雜在人群裡舞蹈，饒有興趣地交談、拍照。也許是京都的歸化市民？或者留學生，和我一樣。洋人入鄉隨俗，祈雨只爲娛樂。雖然跳得不好，但認眞虔誠，神認可了。祈雨之樂，樂在舞者。

五

有少數人，在圈子中心看熱鬧，別人跳，他走；抱著狗狗走；推著童車走；邊打手機邊走的，與男孩子眉來眼去的。這些雖與求雨格格不入，但神會寬容。古老的民俗流傳至今，沒有寬容的精神是不行的。容忍成習俗，寬大乃爲神。偶爾也有濺出來的浪花，

那是舞罷退出圈子，稍事休息的。

此時，天抹微雲，地接芳草；水禱晚鐘，山有隱雷。

此時，觀者如雲：站著的、坐著的、蹲著的、執扇的、履屐的、趿鞋的、扶老的、攜幼的、穿背心的、穿短褲的、穿和服的、嬉笑遊冶的、情人相依的，在四周排著長椅上，小憩、狎昵。

四周臨時搭的帳篷：算命的、卜卦的、賣漿果的、賣清酒的、賣烤魚片的，煙霧、吆喝增加了氣氛。祈雨之樂，樂在觀者。

六

把民俗、休息與娛神結合在一起，千年「祈雨節」保存至今，愚昧而虔誠的信仰是支撐日本民族的精神力量。

尊重水神，就是尊重自己；祈雨之樂，樂在生命。

第二輯 物之哀

與走到天涯
也無法回家的狗尾草相比
你算是幸運的

我是剛到此地的候鳥
找不到築巢的地方
在洛陽失去了雙翼

行走有狼的饑餓
出洞有蛇的憂患

腰間掛著不平的劍
　如客寮卑微桀驁的野草
留學生憤怒的火
　燒紅了新寫的五言詩
你如何教我用一生的多情
　愛我現在的寂寞
　　在一天天消瘦的無語裡

踏歌走東瀛

一

曠日持久的簽證，終於躺在我的桌子上靜如一片秋葉。那是命運之神在敲門，送來它的名片，催我：你得走了：去東瀛：踏歌。多少回拿到簽證，激動不已；醒來知是一場夢。如今簽證眞來了，卻又恍恍惚惚，如在夢中。此情此景，此生此世，分不清，是眞？是幻？是夢？是醒？我是莊周？還是蝴蝶？

二

忽然惆悵起來了：外面的世界，據說很精彩；外面的世界，據說很無奈。忽然遺憾起來了：臨走才發覺，好多事，應該做的。現在已經遲了。這些事，平時就在身邊的，怎麼沒發現？

來不及了，快收行李吧！把所有的遺憾、惆悵，匆匆打進包裡，悄悄帶走。要離開啦！

三

最是，我住了八年的小樓。

告別的夜，紅燭，最堪惆悵。

妻子，一直無言地，悄悄地流淚；一夜未睡，心情忐忑。

清晨下樓時，拎著沉重的行李箱，轉彎的木樓梯「吱吱」地響，我熟悉樓梯和板壁上所有的裂縫，像熟悉我的親人。

告別了，告別小樓，爲將來的遺忘，下樓以後，讓我轉身，再看一眼嵌在窗戶的風景。

四

但是，當我登上飛機，繫好安全帶，我才想起：那盆放在陽臺上與我朝夕相處了幾年的文竹，今天忘了給它澆水；

當飛機低聲轟鳴，慢慢離開跑道，騰空而起，已經離開地面時，我才後悔：最近幾天，我應該半夜起來，再給兒子蓋一次被；我應該再給牙齒已經脫落的父親，買幾包他咬得動的東西；還有，我應該撕開七年之癢，帶著初戀的驚喜，對妻子說幾句悄悄話，這些，

沒有，全然沒有。是沒有時間？還是忘記了？

抬腕看錶：上午九點半，飛機準時起飛。

從上海虹橋機場飛往日本，飛向大海前，要飛過我教了十幾年書的紅樓。中文系的那個班長告訴我：就在這一刻，我教過的學生，全部仰起頭，看天上的飛機，向飛過的我，敬注目禮。又突然想起，來不及了，下星期，我答應要給一個同學補課。

我突然百感交集，在飛機騰空飛臨大海的瞬間，說不清是什麼滋味，不堅強的我，只覺得，彩色的淚水，不多時，便與機翼頂端的紅燈一起閃閃爍爍。

五

有學生給我一封信，說上了飛機才許看。拆開，是一方手帕。上面端端正正地寫著兩句唐詩：

無為在歧路，兒女共沾巾。

唐朝王勃的詩，我給他們上過課，現在還給我？勸我「別沾巾」，爲什麼送手帕？我理解這一片深情。

一位同學說：我是藍天飄逸的白雲，讓我們在三千米的天空見面，假如我擦著您的機翼而過，您可認識我？

另一位同學說：老師，請朝窗外看一看，假如有一隻鴿子，那就是我，飛著爲您送行。

於是，我一路不斷把臉貼在視窗，不斷朝窗外看，看看飛機後面，有沒有一隻氣喘噓噓，被越抛越遠的小鴿子；看迎面來的雲，哪一朵是我的學生變的？我對他們的癡話深信不疑，他們眞會變的，假如能變的話。

六

漸漸地，波聲遠了。

漸漸地，故鄉小了。

機翼掠過長江，直向東海。我借橫過海面的旭日，對故鄉作最後的敬禮。

空中小姐柔和的聲音：再過一小時，就到達日本大阪，我要去京都。是的，今夜我將住在異國，這一夜將在異國度過。

我不知道，這異國的第一夜，睡著？還是醒著？睡著，會不會做夢？會夢見什麼？

母親？兒子？目光期待的學生？沉默的朋友？或是，坐在舊式縫紉機前爲我趕制棉衣的妻子？

不管夢見什麼，我想，明天一早，我都要穿著所有鈕扣都被妻子加固過的，洗得乾乾淨淨的衣衫，在東瀛的街道上——

踏歌。

京都狗

一

佇立在京都街頭，不經意匆匆一瞥：啊！滿街都是狗。

你看：大狗、小狗、黑狗、黃狗、卷毛不卷毛、會叫不會叫的狗，呲著牙、撒著尿的狗；初到日本京都，給我印象最深的是京都狗。

二

我，失戀般地告別故鄉的雲彩，懷著憤世的不平。

什麼時候才能向你，傾吐我一波一波的話語？別離的憂傷，使我變成了一個脆弱的需要安慰的人。

無可排遣的惆悵，難以訴說的寂寞，躺在床上，怎麼也睡不著。因爲，鄰家的狗叫了一夜。

喲！那聲音，叫得好慘痛。像懷著什麼仇恨，感到什麼絕望，拼足所有的力氣，嘶啞地、尖尖地叫著，淒戾的衝擊波，在清水般的靜夜，激起磁藍色的光，漣漪蕩漾，一圈圈向無垠的夜空擴展……

輾轉反側，無奈中起來，推窗。捲簾。仰視。

啊！京都山中的夜，亮得如同白晝。那一大片黑蜮蜮的山脊，毛髮森森的黑樹林，虯龍般古怪的樹枝，彷彿成了精怪似的在半空劃出令人驚詫的圖形。

不遠處的神社，四周一片光焰，兩頭高翹的屋頂，又尖又瘦，像刺破夜空的牛角，在靜默的天空，變成一句讖語。鄰家的狗，正站在水一般的月下，在蕩漾的清光中，一動不動地仰著脖子，對天空的一輪圓月狂吠……

一夜狗吠月明中。京都。

三

懷著尋夢的失落，第二天上街，又遇見狗。

也許就是它？叫了一夜的異鄉的狗？也許不是？

不迭地避讓，再避讓。對迎面來的狗，我簡直失去了耐心。爲什麼，同一條大街，狗可以走得大搖大擺，人卻走得小心翼翼？

有人說：養狗時髦；寵狗是文明的表現。在現代社會裡，狗比人忠誠，更値得交朋友。果眞，大街上，牽狗的女人比抱孩子的女人多。但我始終懷疑，被寵得甚於獨生子女的狗，會忠誠到什麼程度？

我小時候被狗咬過，至今腿上留著牙痕。

牽狗的人都說，我家的狗不咬人。那是騙人。不咬人的，還算狗？

也有人說，狗咬你，是因爲怕你；其實不是咬，是示威，是爲了保護自己。你不惹它，它不咬。

我還是不相信。我們都不是狗，狗的心理你瞭解得那麼清楚？

看，一隻頭上打著蝴蝶結的狗來了。聰明的主人把狗毛梳成辮子，大紅綢帶繫著，挺耀眼的。也許是條雌狗？它自我感覺挺好，走起路來屁顚屁顚的。旁邊的女主人更得意：扭頭一看，喲！主人頭上也繫著同樣的蝴蝶結，我才明白：女主人一定是按照自己的樣子打扮狗的。

想笑，迎面又來了一條，更發噱：

狗，長著長長的鼻子，牽狗人，也長著長長的鼻子；狗鼻子紅紅的，牽狗人鼻子也紅紅的；狗牙呲咧，牽狗人也滿嘴犬齒。再看，連曲卷的毛髮、顏色、彎度都相似，讓我目不轉睛地看了好半天。

潛科學說：夫妻長期生活在一起，你看我，我看你，天天看來看去，不斷自我暗示，時間長了，臉就越長越像對方。現在的情況，是不是牽狗的人和狗互相看來看去，狗臉，越來越像牽狗的人？人臉，越來越像牽人的狗？

日本諺語說：「誰家養的狗，就像那家的主人」。上帝創世之初，狗和人原來是一對兄弟，至今是帶著面具相見。

四

中午，走進一家料理店，想吃碗麵。

剛進門，就見一條大狼狗，端居在窄窄的店堂中央。咧著大嘴，吐出鮮紅的舌頭；眼裡露出凶光，注視著每一個進店的人。

我一看不行，進店非碰到它身上的黃毛不可。瞧它盯住我的眼神，雖沒有叫，已嚇得我站立不動。

韓非子寫過「狗惡酒酸」的寓言。說某酒店養了惡狗，把他的生意都嚇跑了。所以，他雖有上等的佳釀，卻因沒人買而變酸。韓非子以狗喻君主身邊的小人，現在比喻態度惡劣的服務員。

店裡養狗，在中國，自古就是大忌。但在京都，卻很普通，許多店裡掛著允許養狗的木牌，有的還以此招徠生意，哪家狗大，哪家狗奇，哪家狗臉生動，哪家生意好。韓非地下有知，一定想不通。

最是，店主人和藹可親，見我進門，微笑著，鞠躬歡迎，卻嚇得我轉身就跑。

五

這家沒吃成，到對面那家試試。

橫穿馬路，忘了紅綠燈。引起一陣狗叫。

在日本，狗也懂紅綠燈。紅燈停下，綠燈行走。紅綠燈切換時有鳥鳴，狗也聽得懂。倒是剛來的留學生不懂，大多數人在自己國家亂闖紅燈慣了，見沒有車，就穿。這時，站著等綠燈的日本人沉默著，在一旁的狗卻忍不住，對不懂規矩的留學生一個勁地吠叫。

對面那家店好像是個麵包房？進店，各種麵包、食品，貨架上琳琅滿目，應有盡有。還很便宜，拿起幾包，著到營業員面前，想付帳。

營業員笑了。她說，這是給狗狗吃的，不是給你吃的。

原來這是一家「狗食店」。到狗食店吃午飯，是我來日本鬧的第一個笑話。

六

京都人愛狗，蔚成風氣。往往狗在前面走，人牽狗在後面跟。狗在大街上亂拉屎，高興怎麼拉屎就怎麼拉屎；穿著體面的日本婦人，亦步亦趨地跟在狗後面，把它亂拉的屎，小心翼翼地用手帕包起來。

我不否認，「手帕包狗屎」，是日本人文明的地方。日本人經常爲別人著想，揀狗屎的事情，在別的國家很難看到，在日本卻很普遍。

京都狗多，如果大家都不揀，大街上會一地狗屎。像《東京百年》記載的，日本東京最繁華的「銀座」，百年前街上到處是馬糞。

《東京百年》不是一般作者寫的書，是當時報紙上刊登過的新聞摘編，眞實的情景。最不能容忍的是，夫妻雙方竟然都聲稱：愛狗勝過愛對方。

傍晚散步，不帶妻子孩子帶條狗；狗離間了親情關係。爲狗服務，成了專門的學問。狗衣、狗褲、狗食、狗書，還有狗妝奩，都照人的式樣做。只要討狗喜歡，什麼事情都想得出來。連狗食店裡給狗吃的肉，也做成骨頭的形狀，以促進它的食欲，符合它的飲食心理。

客寮聽蟬

一

客居京都光華寮，地卑山近，竹少樹多，夏日無事，唯有聽蟬。

蟬聲潛藏的五月，枇杷黃了，京都滿城都是風絮。梅雨，似長長的卷帙；天空，似詩人的病臉。隨意而漫不經心地翻著雨天的卷帙：前卷雨、中卷雨、下卷雨。

正寂寞閒愁，忽然，卷末放晴啦，「吱」——喜聽新蟬第一聲。

蟬，開始在綠葉間怯生生地練習、試音，倏忽大集，於是萬蟬齊鳴。

年年都有蟬鳴，但沒有仔細聽過。不知怎麼，今

年一聽，竟憂患起來了，共鳴起來了，感慨起來了。也許是愁中聽？閑中聽？客中聽？也許，秋出生的我，第一聲啼哭如同蟬鳴？

二

清晨五點，我被金屬的合唱驚醒了。

誰喚我？

窗外有棵大樹，五層樓高；我住三樓，齊樹半腰。橙紅的太陽從樹頂照下，濾成綠色的光在枝間流動，一脈脈地透明。我的小窗，就築在透明的綠裡，像安在樹間的一隻鳥巢。推窗一看，哇！枝上掛著無數隻金翼的小鬧鐘。

大樹成了琴，我的窗成了共鳴器，清悅的聲響，像在小屋裡灌滿了泉水。唱什麼呢？從清晨到黃昏，一刻不停地唱。綠色的歌？西風的歌？愛情的歌？沒有指揮，怎麼能唱得那麼齊？

三

寂寞如我，憶念起家鄉高樹的蟬鳴：知宇——知宇——知宇——純粹的花腔女高音，像美聲唱法；你們則吱——吱——吱——地漫吟，像在唱通俗歌曲。

我注意到了：只要有你們在，就聽不到鳥鳴，聽不到烏鴉叫，在流行的季節風裡，你們幾乎獨佔了整個夏季歌壇。

朝聽、暮聽，聽多了，便喜歡你們的歌。你們唱到後來，越唱越快，越唱越輕，越唱越急，突然灑一陣秋雨似的變了調：軋——軋——軋——地，像促織求偶，遊子漫吟，思婦輕聲歎息；又像幾片桐葉，飄墜深沉的古井。

四

我漸漸成爲你們的知音了，儘管，我不明白你們唱的是什麼，你們的歌詞，我一句也聽不懂。但我深深地理解：在地下潛藏了那麼多年，幾經蛻變才脫穎而出的你，來到這個世界，就是爲了歌唱；爬上最高的樹枝，就是爲了借西風把聲音傳得更遠。假如不能自由地歌唱，你寧可一輩子住在黑暗裡。

也許，長大的時候，懂事的時候，認清世界的時候，就是你憂患的時候？歌唱的時候？飲枝間的晨風，喝高秋的清露。你們的生活夠清苦的。何況，露多、露重的時候，濕了雙翼，飛也飛不起來；風急、風高的時候，聲音變調，唱得忽高忽低。並且，最先體驗：五更的飛霜，比翼薄的世情。

生在這個世界，本無所求，生活的意義，不在飲瓊漿，喝仙露，而在於歌唱。假如生命是一首歌，就讓它留給寂寞的世界吧！

五

仰望枝間，倚窗聽蟬，我的心裡，耳朵裡，全是你們的錄音。窗是蟬聲的世界。蟬唱，我也唱，動情地唱，唱遠方的歌，思鄉的歌，唱得萬蟬齊和。每當這個時候，我會突然感到：自己也是一隻小小的蟬，因翼短不能飛渡重洋而思念故鄉的樹。

來了；唱完；飛走；我們都一樣。在這裡，我們都是客。你客於樹，我客於寮；你客於夏，我客於秋；你是天地之客，我是他鄉之客；你屬於造化，我乃是逆旅。我們共同的感受：一樹碧無情，春歸在客先。

啊！整整一個歌季，是不是該唱的都唱了？在陣陣的秋風裡，最後一曲應是《不如歸去》。

六

小居客寮，不期然與你們，邂逅在，異國的夏天；在整整一年的苦澀中，你們是我最愉快的記憶；客子淡淡的惆悵，被你們彈奏成秋天蕭瑟的序曲。

當大樹凋零，你們就要結隊離開，消失在，被西風梳理過的秋柳之間，那時，我也要攜著我的琴弦歸去。但我會想你們的，一定會的。

儘管，我的思鄉之情是如此迫切，異國的仙山瓊閣也難挽留。但我也知道，當我回到故鄉，依偎在故鄉的秋風裡，我又會有新的失落，新的悵惘。那時，我會回望雲山而思念京都濃濃的秋。

我同樣會癡癡地思念，眼前，這夕照下的古都。思念，我住過的、築在樹間巢一般的小屋和你們——萬樹的蟬聲！

客舍枇杷

我用留戀的目光，與窗外的枇杷話別。

一

我小居的日本留學生「寄宿舍」外，有幾棵高高的枇杷樹。

很多年前，一個從中國廣東來京都留學的年輕人得了肺病，不能返回家鄉，便把從老家帶來的枇杷種子，種在異國的土地上。

他以花開花落，計算來日本的時間；以枇杷黃熟，鐫刻年復一年的悲傷；長歌當泣，望樹思歸。

他虔誠地種下去，但不知爲什麼，有心種在寮前的都沒有活；只有幾枚被他遺忘的種子，不小心從窗臺落到窗下的泥土裡，無意漏成異鄉的春天。

發芽了的幾棵樹苗，像「黑」了的留學生，害怕被員警抓住似地擠挨在牆根，不該這麼擁擠，這麼緊靠牆根的，但不小心便成了命運。

老牆爲它遮蔽風雨，提供庇護；但凡是從中國來的種子，要在這片異國的土地上生根發芽都極不容易。

東牆長著盤根錯節的高樹；他們居地自傲，睥睨遠山，壟斷陽光，主宰雨露，劃分勢力範圍。他們寧可把光線切割成閃閃爍爍的碎片，灑在地上餵螞蟻，也不讓其它小樹生長。

擠在一起的小枇杷，只能先伏在地上，爬到牆邊，然後曲折而上，越過東北角，偷渡客般地拼命地向上攀升，終於衝破高樹的封鎖，見到藍天的顏色；然後越長越茂盛，越長越美麗：長得枝幹修長，葉大如掌，色如碧玉。

開花了，沒人注意；結果了，沒人採摘，不要說她心裡是酸是甜了。在忙忙碌碌的世俗裡，人比狂蜂浪蝶還要浮躁。

但她先一樓，後二樓，等我入寮的那一年，她已長到三樓的窗戶，黃澄澄的枇杷，已經結得很多很多。

二

一年四季，枇杷樹會穿不同的衣衫，頭上結淡黃的蝴蝶結；但眞正體察樹也在變化的，不是哲人，不是詩人，而是空閒下來的人。等我注意到她，已是來日本的第三個初夏。

第一個初夏，寂寂京都居，匆匆如過客，寥寥無知己，戚戚有所迫。說不清是一種什麼樣的感情，對親人、故鄉的思念？失意、失群和失戀交織在一起？還有，給任何一個初到日本的人印象最深刻，最難忘的，便是米貴書賤，居大不易。

第二個初夏，載饑載渴於行道，匆匆不暇於渭城；誰謂我無憂？腸中車輪轉。役於人事而遠離清靜？埋頭案牘而疏於自然？完全沒有顧及到，枇杷樹飛花了沒有？結果了沒有？我有一種忽略友情的歉意。

眞正覺得枇杷樹亦可成爲精神知己，是第三次來到客寮，搬進二樓朝北的房間。管寮的老馮告訴我，那是當年種枇杷人住過的小屋。

寂寞中，突然發現客舍邊的枇杷樹，在中午無人的陽光下開始成熟。

三

枇杷熟時，日影濃起來，花也飛起來，野蜂浪蝶，時扣窗櫺，窗隙漏風漏光，小蜂進出。初夏時節，窗前絮一般的濛濛細雨，便使人產生一種淡淡的說不出的鄉愁。我坐在窗前讀書、寫詩，寫家信，她碧玉的衣裙，嫋嫋的倩影，使我想起遠方的人，想起，同樣的笑靨，同樣的清純；想起以前發生過許多快樂和悲傷的事，心裡浸透著一種輕狂情緒。

春天，月亮透過枇杷的影子，把清光灑滿書桌，我的詩思，便遊絲一般，在清光裡浮動。當斑駁的紅葉在陽光裡閃爍，美，靜止在嵐山白練般的澄江前，那是秋天來了，又走了。

冬天，高樹落光了葉子，枇杷仍然枝葉青青，並不是異鄉的地氣暖和，而是從家鄉來的秉性不變。

伏案時，滿書桌的山影一起搖動，晃個不停，我知道起風了；「劈劈啪啪」一陣瓦鼓響，葉子亂成額前淌水的瀏海，我知道下雨了。

當關不緊的窗戶，枇杷枝從窗縫裡伸進來的時候，我就覺得，京都四季的花，都與我沒有關係；有關係的，惟有這幾株客舍枇杷。

四

天天對面她，不守候，便是守候；不記錄，便是記錄。哪一隻小蜂來過，騷擾過她；哪一隻蝴蝶來過，留下了香吻；哪一陣雲來過，雨痕便是證據，哪怕輕輕地來，輕輕地走，我都知道。

當蟬聲和雨聲，此起彼伏；你要留意，此時的枇杷會微露金黃，然後一枝枝、一顆顆溢汁流香。而滿窗的枇杷，便成了「免費水果」。我不用外出，不要到超市，只要打開窗，伸手就可以摘取。

早上兩顆，中午四顆，晚上三顆。或者，朝三暮四也可以，不必規定太死。摘下枇杷，不用洗，剝去外面的皮，送到嘴裡，入口便化，此時滿頰微微的酸，微微的甜，維生素C最多。

我不快不慢，不多不少，不積不儲，吃一顆，摘一顆。採下來放在冰箱裡，不如留在枝頭新鮮；那是天賜的水果，詩人的水果；以日記，以旬記，天天嚐新不絕，也許可以吃到夏天結束？在最偷懶

的中午，小睡醒起，樹影暗綠，山光忽西，幾顆枇杷即可振奮精神。

五

也有預料不到的情況，有一次，我將幾顆大一點，黃一點的，留在枝頭，明天再吃；第二天一看，枝頭空了，只留下鳥啄食後的蒂柄，我為自己留的枇杷，卻讓饞嘴的烏鴉吃掉了。

枇杷黃熟，令行人駐足，童子翹望；烏鴉噪聒，麻雀雲集；野鴿亦時來爭食，「啞啞」相雜，喧聲聒耳，啄得殘渣滿地。

爭食也算了，最可惡的，是擾人午睡。終日如此，搖憾樹枝，逐之散去，去而復來，你無計可施。

退一步想，我的驅逐行動也不能太過分，因為枇杷樹雖長在我的窗前，但歸屬權並不屬於我，而是屬於大地，烏鴉、麻雀、野鴿都有份額，我必須心態平和地與它們共用免費大餐。

六

過了夏天，我就要回國了。

此刻，我正靜靜地體驗客舍枇杷來日無多的酸甜，並記住這些與鳥雀爭食的日子。吃完枇杷，我用餐巾紙包起來，帶幾枚種子回去吧！

我要在故鄉的春風裡，種一棵——在異國生長，在異國開花結果，年年酸甜自知的枇杷樹！

夜歌鴨川

一

騎車夜過鴨川，我回家的路。

那是剛來日本不久，一個離別親人，失戀、失意和失敗一起來襲的日子；一個精神寂寞，空氣清冷；尋找慰藉的靈魂開始唱歌——發瘋地，不顧一切地歌唱的日子。

二

我用歌聲躲避自己，用歌聲釋放自己，用歌聲找回自己；在我高聲歌唱的時候，苦寂的靈魂逃出他人的牢房，回到心靈久違的家園。

我不在乎誰聽見沒有聽見；不在乎聽到後在我背後指指點點，反對或讚美，譏笑或欽佩，同情或不屑一顧。眞正不屑一顧的是我。路是我的，歌是我的，自由是我的。

三

在東山的長街，我可以放聲歌唱，盡情地歌唱。歌聲像在忽明忽暗的燈光，像靜寂中烏鴉的大笑，像一路伴隨的鴨川暴漲的聲音。

我唱得最多的是「十八歲的哥哥，要坐在小河邊」，「蠶豆花兒開呀，麥苗兒鮮……哥哥愛著小英蓮呀，小英蓮。」

我是一個在寂靜的長夜裡，獨自騎著自行車唱歌異鄉人。我的曲調有小河的流水，河邊的楊柳，有中國江南四月金燦燦的油菜花，有一種深深的眷戀。如一隻失群的孤雁，鳴叫著，在一大片沼澤地上傷痛地鼓翼向前，一半永遠飛不到紙外，像林楓眠的畫。

四

有一次，我在日本寬闊的十字路口，四面都是紅燈。我騎著自行車，像瘋子一樣高唱「義勇軍進行曲」，唱「大刀向鬼子們的頭上砍去」，唱「牛兒還在山坡之上，放牛

的卻不知道到那兒去了。」

所有的人和車輛都停下來聽我歌唱。一直唱到布穀鳥叫起來，車流重新穿梭。兩個聽懂曲調，被我歌聲激怒的「暴走族」，開著摩托車，在我後面加大油門追上來；我預感他們要挑釁，緊握車把。

果然，一輛摩托車從後面碰撞了一下我的右肩，然後飛速逃跑。我的自行車左右搖晃，但沒有跌倒。

第二輛發動機的聲音響起來，我又做好準備。這一下撞得更猛烈，自行車激烈搖晃；在跌跌撞撞的情況下，我仍然用自行車的大扳鈴，「滴鈴、滴鈴、滴鈴」一連向遠去的「吉野號」開了幾發炮彈，但是沒有打中，他們在高野的路口轉彎逃走了。

爲什麼？不爲什麼。無謂，無所謂；這是一種情緒；情緒能變成摩擦和戰爭。

五

蒼天沉默著，大地沉默著，櫻花沉默著。在這寒冷的二月，我繼續歌唱。無論是迎面的光柱，夜遊的狗，睡不著的烏鴉，還是日本的暴走族，與他們爭辯是徒然的；一切語言沒人翻譯；藐視無濟於事。只有歌聲可以發洩，可以表達。

我的失意、失敗和失戀，都在歌聲裡化成清亮的月光，在我心裡流瀉有聲。

六

過鴨川大橋，天空一輪圓月，月外有一圈光暈；「嘩嘩」的河水，在蒼蒼的蘆葦間射出粼粼的光；幾隻鷗鷺，乘著月色飛，讓影子和月光一起流動；河中的沙洲，長滿黑得透明的雜草，和白色的蘆葦一起搖晃。

我邊騎邊唱，唱三十步就過一盞桔紅色的橋燈。

月光下的長街是一條河，我單車的影子是瘦瘦的船，每夜，每夜，沒有櫓聲。

歌——是我的航標。

中秋詞

一

蒼蒼的葦，淡淡的風，他鄉的秋。

是誰？在月下臨風處，吹起了羌笛？唱起了楚歌？惹起了，天涯遊子的一片鄉愁？

今夜，正逢月圓，並非只有我一個人思鄉；今夜，正逢中秋，普天下都是望月的人。

臨行，安慰凝噎的妻子說：別難過，別悲傷，想我的時候，中秋的時候，讓我們同看明月，讓我們把月亮，看作是對方的臉龐。兩地明月兩相思，脈脈的情從線上穿過一條絲。

縱然，相隔千里、萬里，魂夢飛揚，只要同在明月下，同在清輝裡，寄情千里光。

二

京都，正逢梅雨，斜斜地織在人家木屋，濡濕了思緒；故鄉的明月無法照見我。在雲遮霧障的海的那一頭，我一個人躲在京都冷雨的山中，霏霏地思念。記得妻子送別，花前月下至今。

今夜，天總算晴朗了，我倚樓讀天邊橫過的雁字，忍淚憶故園秋風裡的菊花。捧一掬，潔白如水的月光，贈給千里以外的人；千里以外的你，也許正穿著薄薄的衣衫，佇立在月光裡，任滿衣的月，滿袖的風，用最清純的思念，如月下花影般的透明，遙憶天涯的我？

三

東山一輪月，京都千山秋。

此刻，我在月下倚樓，聽羌笛、楚歌。

從春天到秋天，從月缺到月圓；我們追尋——五千年的輝煌。

月啊，你曾掛在萬戶擣衣聲中的長安；照過潯陽江頭琵琶女的空船。照著冷冷的長城，塞外的大漠。照耀我們的過去、今天和未來；你是有歷史、有五千年傳統的月啊！你還認識我嗎？我就是——

一千三百年前舉頭望過你，歌頌過你的那一位浪跡天涯的詩人。

四

我們，是一群來自異鄉的同胞姊妹，今夜，讓我們手挽著手，肩並著肩，同看明月！

誰不希望祖國花好月圓？誰不祈禱神州繁榮昌盛？誰不思念祖國的親人？

五千年，掩蓋不了，你的子民，仍然像面容憔悴的病夫，四散在各地，懷著艱難的傷痛——飛呀飛——像一群覓食的鳥雀，遠離熟悉的山巢，飛集此地。

我們不是饑餓的鳥雀，艱難地在異國覓食，我們是月明中的神鵲，正以銀色的渦流，向著透明的夜，作永恆的飛翔。

故鄉今夜有風雨；今夜缺月掛疏桐。在

遙夜的長天，我們等待雞鳴。我們相信：月，總有圓滿的一天；人，總有團圓的一天：祖國啊！我要單獨地愛你。

五

我在月明下倚樓，臨風處，聽羌笛、楚歌。仰視京都皓月，月在東山徘徊；鴨川在亂流中明滅。有幾隻驚鴻，帶著天際的呼喚，在月的光輪裡飛。啊！悠悠的笛，悠悠的歌，悠悠的思，不眠的我。

我們是中國人。今夜，讓我們同看明月！

獨坐吉田山

一

獨坐吉田山，等待夕陽。

像一幅國畫，我坐在最高的岩石旁，半臥半倚，衣帶從風，鬍鬚飄動，用一種超出塵世的姿勢，仰首望天。

很少有人登山，沒有行同行者，也沒有同坐在山上的人。我一個人獨上獨下，獨來獨往；沒有聲音，沒有塵埃；所有下界的俗氣，車馬的喧囂，人言的攘攘，都被遮罩在大山之外。天地之間，只有大山和我；我們是醒著見面，醉後分散的朋友。

一年四季，山的畫框不變，但裡面的圖畫在變，顏色在變；所有的顏色，與我最相宜的，就是金黃的秋色。

當所有的山，所有的雲，所有的鳥，都飛入眼眶，又飛出眼眶；當瞳仁變得空空洞洞，與寂寥的霜天融爲一體時，山頂的我，便有一種獨來獨往，徐吟長嘯；一種身體變輕，靈魂出竅，羽化飛去的感覺。在這異國寂寞的秋天裡，忘記案牘，忘記功利，忘記社會，忘記今天要開會。

二

獨坐吉田山的大石上，東面是鬱鬱蔥蔥的樹林和銀閣寺；南面林木掩映處是天皇的神宮；西面山麓下是京都大學和一片遠遠近近的瓦舍；北面就是我住的中國的土地——光華寮。

山中略微疏朗的空地上，有一座僧庵。形狀像僧人紗帽，庵前竹籬茅舍，四圍是樹編的籬笆。柴門上，道人紮一束枯枝，掛著木牌，寫著「茂庵」二字。

庵小而破舊，沒有人來，也沒有香火；窗紙殘破，風在說話，如孤僧念經；昵昵而語，忽呼呼有聲；庵門、破窗如老僧的瞎眼，一大一小，漆黑如洞。風從一個瞎眼進，從另一個瞎眼出。

我躡手躡腳地走上前，想窺個究竟，突然有黑貓從破洞竄出，然後停在遠處，朝我「嗚嗚」

地叫，兩眼明亮如電，森然可怖，遂不敢近前。

三

過「茂庵」，就到了山頂。那裡有一塊平整的土地，松樹像拱衛的侍從一般，環繞著一個刻鑄著天文圖像的祭壇。

在這四處無人的寂靜裡，突然看見，一位年輕的少婦，亭亭玉立地站在祭壇邊，令我驚詫。

在這無人的山裡，她是誰？是尼姑？是孤魂？還是我的眼睛看錯了？似乎都不是。她戴著黑頭巾，穿著黑圍裙，飄飄地，獨自佇立在壇前，低著頭，默默地，像在回憶，像在等待；像在召喚，像在祈禱。

回憶什麼，等待什麼，招喚什麼，祈禱什麼呢？

是回憶昔日的情人？等待不歸的丈夫？召喚幼子的亡靈？還是祈禱自己從前的罪過？

不知道。

我一無所知，先坐在遠處，然後站起來，隔著林木，久久地，我注視著她，她注視著祭壇。

沒有人打攪她，任憑風從她黑圍裙邊吹過；落葉，一片片，飄過美麗的側影，飄落在

她的頭巾上，她不去撿。她悄悄地繞著祭壇走著，一圈又一圈。細細的枯葉聲，像隨船馳過的浪痕，在她的腳後輕輕作響。

眼前的景象，使我深深地震撼。

那是一種強烈的宗教的震撼，美的震撼。我覺得，黑頭巾眞美，黑圍裙眞美，佇立眞美，默禱眞美，有創傷的心靈眞美，我被一種宗教情緒喚起。

風很大，我轉過身，坐在亭子的一角，默默地想的時候。再抬頭，她就不見了。

我出亭尋找，下山的路，上山的路，庵前庵後，茂庵和祭壇旁，再也看不見她的影子，她像雲，像魂飛走了一樣。

她是誰？她來幹什麼？又去哪裡了呢？

四

突然，天上飛過一道光亮的彩霞，鑽出雲層的太陽，色如金針。

當四山籠罩在一片澄黃色的光焰之中，吉田山的神祇降臨了。松林間，當所有的樹都燃起閃閃的火光，楓林頓時美得顫抖起來。面對自然，面對天籟，面對造化，面對神祇，剎那的驚心，我口不能言，成了一個不能說話的啞巴，我只能默默地，像一個孩子，一個信徒，一個僕人，跟在夕陽後面，幫它挑滿擔子燦爛的衣衫。

俯瞰下界，那些被擠落到山凹裡的瓦舍屋宇，簇擁成「之」字形，瓦脊如蛇，露出背在遊動。

仔細看，不是屋脊動，是光在動；再看，不是光動，是風吹樹木在動；也許，是我一腳高，一腳低的搖搖晃晃下山的人在動。

五

不久，蒼茫的灰狼來了，幾乎同時，沉沉的暮鐘，已在寺廟響起；我站起來，一步一步，下山去了。

剛到京都，我想做一個道士，天天坐在山道上讀書；蟲聲與靜謐，老紅與嫩綠，白雲與飛鳥，均與讀書相宜。

但數月沒有知音，心和影子說話；為謀生計，每天一個人匆匆忙忙，經常是，跟我走

的山月，把我的影子，拉成電線木般地參差。此時需要理解，需要獨坐，需要吉田山。

六

獨坐吉田山，與大山唔言，我終於悟出吉田山的沉默，神靈的昭示；感受到，一個人孤獨時，生命與真的零距離；感受到，吉田山的色彩，秋的氣韻，我的寂寞，不如歸去。歸去亦忘不了這段生活，忘不了，我獨坐過的吉田山；忘不了，這異國的秋天啊！

光華寮祭

從我初次入住光華寮至今，二十年了。我要爲它寫一篇祭文。

那是爲了忘卻的紀念——記住那些飛來飛去不屑的唾沫；記住慳吝的留學生活所受到的種種鄙視；紀念因爲內部爭鬥留在我臉上的疤痕；紀念我對光華寮永遠的熱愛。

我把文章寫在紙上，當風焚燒並遙祝光華寮早日涅槃。

一、我選光華寮

去日本之前，京都大學教授來信問：「你到日本，準備住在哪裡？」信末列了十幾個宿舍的名字，讓我挑選。

有一個叫「光華寮」的，好眼熟，好像在哪裡見過。

「光華寮」有光大中華的意義。便宜，又在京都大學對面。好。我選——光華寮。現在讓我重新挑選，我還是選光華寮。

二、大樹擁圍寮的世界

從上海虹橋機場乘飛機到大阪，同學松家裕子接我轉乘大巴，到達京都。我一路好奇地睜大眼睛，看光怪陸離的世界。下特17路車後，便興沖沖地拖著拉杆箱，來到光華寮。

這是一座舊建築，像上海武康路上一棟有歷史的老公寓。門前一個日式的庭院，連同四周的花園，有幾十平方米。據說原來有一百多平方米，但被路、被停車場、被周邊的日本鄰居蠶食，越縮越小，變成現在的樣子。

我一見就心生喜歡。因爲在它的正面，有一棵五層樓高的松樹，鬱鬱蔥蔥，枝幹拂雲。把光華寮門前五月的陽光，自上而下地濾成綠色的波浪。

東面有一棵同樣高聳入雲的古銀杏，因爲樹太大，我無法看到它的頂端。只知道秋天的陽光黃得透明，傘形的葉子落滿了光華寮臨近的幾條巷子。因爲落葉太多太厚，堆積門巷，引起日本人家不滿，管寮的老馮便每天天不亮去掃，裝在麻袋裡，掃一次都夠幾天燒水煮飯的柴薪。

東北一株廣玉蘭，站在五層樓的頂上，都採不到它上端的花。開花的時候，香得你暈。

北面的樹，在公寓的陰山背後，所有的樹都長過五層樓，共同組成對寮的包圍。門前左面牆上，鑲嵌著「光華寮寄宿舍」六個斑駁字的木板。

三、木津祐子等在光華寮

推開門，是一個小客廳，等了好久的京大文學部秘書木津祐子見我和松家裕子來了，很開心地站起身。笑容可掬地幫我提行李，上七八步水泥樓梯，來到一層樓的大客廳。然後讓我在預先聯繫好的208房間安頓下來。

「有點破舊吧！」木津祐子有點抱歉地說。

「很好。很好。和我們大學教工宿舍差不多。」當時國內大學教師住的筒子樓，都是破破爛爛的，所以我脫口而出。

她們聽了以後，都笑了，很快又不笑了，她們覺得這樣笑不禮貌。緩過神，換了話題

說：「我們吃飯去吧！」

吃完飯，她們告辭。我才想起，以後說話不能這麼坦率，雖然多少年來，教師就是一個「窮」字。但這樣說，是自己坍自己的台，多不好；你看她們多懂，她們連笑都是謹慎的，懂得遮醜並照顧我的自尊心。

但那個時候，我們習慣了，我們不要這種貞潔牌坊般的自尊心。

四、光華寮是左京區最美的風景

光華寮是京都左京區最美的建築。五層樓高，又築在從百萬遍開始漸漸隆起的斜坡上。

北山如屏，東山可挹。面對吉田山，左右是天皇御陵；那是「後二條天皇白北河和後二條皇太子邦良親王」墓。

西面鴨川，夏雨暴漲，其聲若雷。

光華寮不僅外表偉岸，列岡巒之體勢，獨立突出；而且內部豪華，裝飾考究，五層樓上是大平台，有電梯通達。與附近的木屋相比，如野鶴之立雞群。當年的留學生在寮裡進進出出，引起了京都人的羨慕。管寮的老馮反覆說，光華寮是風水寶地啊！當年只有京都車站可以和它相比。

後二條天皇墓在路的北側，寬約二十步，深約五十步的墓前道旁，有九株松樹；正前方松竹合抱，圓形土丘，一大一小，就是天皇和皇太子的墓了。整天沒有人來，是一個非常幽靜的所在。

此後，雨天的清晨或黃昏，我經常一個人，緩緩地行走在白色的細石子路上，細細地分辨「莎莎」的雨聲和腳步聲的遠近。

五、光華寮裡的電器垃圾

光華寮的主體結構和裡面走廊呈「丁」字型。兩邊除了公用的廚房、衛生間，就是門對門，門挨門的寮室了。

光華寮走廊裡，一片墨綠色的光。窗戶被樹遮蔽；二是堆放一台台電視機、錄音機、冰箱、微波爐，在當時大陸很難見到，有的還很新。

是誰寄放在這裡的呢？

多少天過去了，不見有人認領，不見有人搬走。

後來知道，那些都是垃圾。日復一日、月復一月、年復一年；本來就不怎麼寬敞的走廊兩邊，就腸道梗塞。等我到光華寮的時候，從一樓到五樓，拐彎抹角的地方，洗完衣服，端個盆走過，不當心就碰髒。

這麼多垃圾，老馮清理過。由京都華僑總會介紹，請專門清理垃圾的人來一看，出價幾百萬日元；光華寮自己出面，與清理垃圾的個體戶談，對方開價30萬，老馮拿不出錢，選擇保存垃圾。

寮裡的許多人，都對搬來的垃圾山貢獻過力量。我雖然例外，但寮門外廢棄的自行車裡，我也有兩輛。我不能扛著自行車回國，只能放在門口；風吹雨打，成了寮門前的靜物。

六、鳥巢自有一種深情的送迎

我喜歡木屋，喜歡小閣子，喜歡我築在樹間鳥巢般的小屋。綠色是必不可缺少，光線要柔和一點，暗一點，靜謐也非常重要。都市太喧鬧，太亮，太水泥森林，我一向不喜歡。

我開始到京都住光華寮，後來高攀似地搬到京大國際交流會館，和歐美人住在一起。那是一個環境漂亮，櫻花夾道，道路乾淨、整潔，條件好，管理井井有條的地方，但我仍然喜歡中國人雜居的亂哄哄的光華寮。

因爲交流會館到期了就不讓住。一九九六年第二次去東京大學，臨時到京都，沒有地方住，又住光華寮；第三次去日本，交流會館沒有申請到，只有光華寮不用申請，自己國家的土地呀！

當然是愛國，但根本還是便宜。

老、舊、破，木筋多，那是一種慈祥。尤其沿著鐵制的扶梯，登上光華寮的屋頂，風景迥然不同。

後二條天皇
北白河陵
後二條天皇皇子
邦良親王墓
一みだりに域内に立入らぬこと
一魚鳥等を取らぬこと
一竹木等を切らぬこと
宮内庁

那是一個很大的平臺，經常陽光燦爛。屋頂上，天線林立；橫七豎八、花花綠綠地晾曬著留學生的衣被。隔著綠色的樹頂，可以眺望附近鄰居的屋脊，眺望京都六月蔚藍的遠山。

每當我鬱悶、糾結的時候，我就登上光華寮樓頂，對著四面群山高歌；或者採幾枚樹的種子，撿幾枚古銀杏葉，帶著秋光的新鮮，回到寮裡寫文章。

住在裡面的中國留學生，有的拿它當家，有的不拿它當家。

但不管當家不當家，每天早晨，雛鳥般出寮的留學生，急匆匆地騎上停放在庭院裡浸了一天風露的自行車，直接沖下高坡，折入今出川，一個一個消失在溪流作響的鴨川兩岸；這時，光華寮就是一隻大鳥巢。

晚上不知道回來沒有，看看自行車停滿了沒有就知道了。

我每天進出光華寮，總覺得自己是一隻鳥，光華寮是一隻鳥巢。鳥巢對於鳥，自有一種深情送迎。

七、許多平凡而偉大的日本友人

來日本的第二天，中午回寮，就見門上貼了一張紙條，寫著：「歡迎曹旭先生來京都。等了一小時，不知道你什麼時候回來，我走了，這點東西，不成敬意，請收下吧！」署名「溝口夫妻」。

我吃了一驚。我想，我剛來呀，而且住在光華寮，一個陌生的日本人怎麼知道？原來是南京大學的曹虹教授告訴這個叫「溝口」的日本人的。

一籃子禮物，有水果、餅乾、盒飯、肉丸子等，當時我還覺得日本人朋友竟然「送盒飯」給我？認爲我們都是餓死鬼？後來知道，在日本生活費非常貴，她帶給我的東西，都是我最需要的。

溝口夫妻接待中國留學生已經有十幾年的歷史。她家裡有十幾本厚厚的冊照相冊，相冊的長城，有心人終成心願。翻開，包括我們學校校長在內的人，全都是她們的朋友，在她們家做客的照片，讓我驚訝。

以後，每次過年過節，許多不回國的中國留學生，都到她們家去過年，圍在爐邊吃火鍋；我們經常在他們家吃飯、唱歌、拍照。溝口夫妻是平凡而偉大的日本人。

後來，我又認識了幾個像溝口一樣，把接待中國留學生，愛護中國留學生作爲自己事業做的日本人。

八、日本右翼和警民聯繫箱

但是，日本反華的右翼勢力也存在。中日關係緊張的時候，右翼的宣傳車日夜圍住光華寮，高音喇叭不停地喊「中國人滾出去！」

光華寮是中國在日本的領土，像中國駐紮在日本的一艘航母。成爲日本右翼的眼中釘。

因此，光華寮老是接到日本右翼打來的恐嚇電話：要用汽油把光華寮從日本領土上燒掉。

右翼的聲浪一波一波地撲向寮門的時候，早出晚歸的留學生把頭縮在衣領裡，快速地進寮出寮。

因爲右翼叫囂和威脅，七十多位中國留學生，大多數搬走了，現在只剩下十多人。爲了防止日本右翼分子衝進寮，對中國留學生造成傷害，怕他們眞用汽油，把光華寮燒掉，日本京都警視廳派出警員，駐紮在光華寮，日夜監視。

後來警員雖然撤離，但他們還在光華寮左側一個隱蔽的地方，設立「警民聯繫箱」，把緊急情況寫在紙上，扔進聯繫箱，警視廳派人來取。

我開始沒有弄清楚，老馮指著木箱，叫我不要碰它。好像裡面有炸彈，我眞的不敢碰。直到一年半以後，我就要回上海了，乘老馮不在，我一個人偷偷地來看這只製作粗糙的木箱，又一次站在木箱前。

老馮叫我不要碰，我今天碰不碰？

木箱沒有上鎖，我朝左右看一看，四周沒有人，我就迅速地打開箱子。一看，空的，什麼東西也沒有，生活中的許多事就是如此，我立刻把木箱關上。

從此，這只小木箱不再神秘；我再也不鑽進塑膠棚去看這只小木箱了。

九、在光華寮，我接到過日本右翼電話

宣傳車高喊炸光華寮的事我沒遇到，但接到過一個右翼分子的電話：「你們是光華寮嗎？」一個操著生硬中國話的人問。

我說：「是的。」

「你們中國人滾出去！」

我聽裡面說的漢語，就說：「你不也是中國人嗎？」

他說：「我不是中國人，我是小日本。」

我說：「不管中國人還是小日本，都要講道理。」

我說：「我們上海大學裡也有許多日本留學生，我們都善待他們。現在，我們是客人，你怎麼能說這樣的話？」

他發瘋似地喊：「你們中國人滾出去！」

我說：「你要講道理呀！」

他說：「南京大屠殺萬歲！」

我說：「廣島、長崎的原子彈萬歲！！！」對這個右翼分子一下掛斷了電話。

當然，南京大屠殺不應該「萬歲」；廣島、長崎的原子彈也不應該「萬歲」。

十、「光華寮事件」的由來

爲什麼覺得「光華寮」名字親切熟悉，在哪裡見過呢？因爲這個寮有一場驚動世人的官司。

「光華寮」原來是日本的「洛東公寓公司」，建於一九三一年，是一所占地面積約一千平方米的五層樓房。第二次世界大戰開始，日本政府的「大東亞省」爲了對中國留學生施行「集中教育」，委託京都大學租用這座樓房，作爲中國留學生的宿舍。

一九四七年，旅日僑胞發現日本侵略軍從中國掠奪到日本的羊毛、桐油等物資。國民黨政府的「賠償及歸還物資接受委員會」，接管了這些物資。經駐日盟軍總司令部同意，將其變賣，獲款約20萬美元。

一九五〇年，國民黨駐日代表團從這筆錢中，抽出兩百五十萬日元，從房主手中買下光華寮，繼續作爲中國留學生的宿舍。一九六一年，臺灣當局以「中華民國」的名義，辦理了該房產的產權登記手續。但實際上，該寮一直由大陸寮生的「光華寮自治委員會」管理。引發了從一九六九年到一九八七年近二十年來持續不斷的司法鬥爭。

一九六九年九月六日，臺灣向日本京都地方法院提出訴訟，要求法院下令光華寮自治委員會從寮中搬出。

臺灣的起訴，京都地方法院到一九七七年才做出判決。而在此期間，中日兩國已實現了邦交正常化，因此，法院認定，光華寮「從資金來源和使用目的看，係中國爲在日中國留學生作爲宿舍設施用途而買下的公有、公共財產」，「既然我國承認中華人民共和國政府爲中國唯一合法政府，則屬於中國公有之本案財產的所有權和支配權，已轉移至中華人民共和國政府。」

十一、夾在大陸、臺灣和日本中間的尷尬

對這樣的判決，臺灣當局不服，提出上訴。大阪高等法院認爲，光華寮應該是「中華民國」的財產。一九八二年四月十四日大阪高等法院撤銷原判，將本案發回京都地方法院重審。

根據上述理由，一九八六年二月四日，京都地方法院又將光華寮改判爲臺灣所有。「光華寮自治委員會」不服，向大阪高等法院提出上訴。但大阪高等法院維持原判。大陸先後向日本政府交涉過十餘次，但日本政府以「三權分立」爲由，不干涉法院的判決。

十二、光華寮是懸在海外的孤兒

在日復一日的扯皮、推諉中，光華寮成了全世界一個最特殊的地方——一塊日本國內的中國領土，一個沒人管的地方。

破舊的「光華寮」像中國遺棄在日本的孤兒。我的這篇《光華寮祭》猶如漢樂府裡的

《孤兒行》。

房間已經漏雨了，破瓦已經等不到爭論結束，破漏的光華寮，淋濕了留學生的夢。一九八二年，大陸的大阪領事館募捐對光華寮局部修繕過，把爛木頭門窗改成鋁合金門窗，有些地方改成塑膠地板。但十年過去了，半吊子的裝修也舊了。再修，沒有錢。以前通過光華寮的名聲影響，請在關西地區的中國華僑募捐，但被官司破壞了感情的華僑，不再慷慨解囊。

想大修，但光華寮歸屬未定，當然免談。

十三、「光華寮自治委員會」

三個滯留在光華寮的大陸老留學生，成立了「光華寮自治委員會」。委員會長王天明，成員是老馮、陳世光。但光華寮的實際統治者——「自治委員會」三人組，其實是老馮一人。

由於對國民黨政府不滿，在反覆的判決中，不管大阪高等法院、京都法院把光華寮判給大陸，還是判給臺灣，他們都像守衛陣地的三個士兵，不讓臺灣接收；本質上是抗戰勝利以後接受淪陷區鬥爭的繼續。

我不希望有這種鬥爭，但我關注了這場鬥爭。在五樓沒有人的角落裡，我驚訝地發現了無數捆紮在一起的《中央日報》。老馮對臺灣的《中央日報》，就像對待戰場上抓到的國民黨俘虜，全部捆綁起來，束之高閣。而把大陸寄來的《人民日報・海外版》，每期都夾得整整齊齊，看完了還裝成合訂本。

爲了宣傳，自治委員會在寮一進門右面的牆壁上，貼滿了《人民日報》、《光明日報》論光華寮歸屬的文章。如：

一九八七年三月二十三日人民日報《論光華寮中的承認問題》（傅鑄）

一九八七年四月四日　人民日報《錢其琛在中外記者招待會上指出：光華寮案件決非一般民事訴訟，日本政府應嚴肅對待以免影響兩國關係》

一九八七年一月二十三日人民日報・海外版《論日本法院對光華寮判決的非法性》（外交部顧問李浩培）

一九八七年七月十八日人民日報《日本法院將光華寮判給臺灣當局嚴重違反中日聯合聲明——二評光華寮的法律問題》（雪樺）

就是這些文章，讓光華寮名揚天下。但我幾次住光華寮，從來沒有看見有人朝它看一眼；大家都不關心光華寮屬於臺灣還是屬於大陸，屬於共產黨還是國民黨。大家關心的是，應該把漏雨的房間修一修了，應該把裡面的垃圾清一清了；應該把髒得連腳都踩不進的廚房和廁所間牆壁塗一塗了。

我也覺得，雖然所屬權很重要，但讓留學生有一個舒適的空間，讓留學生有一點自信心；不要讓留學生住光華寮像住棚戶區一樣讓日本人譏笑。

因爲不解決，沒有人過問，所以大家進寮出寮，對貼在牆上的主權文章就不願看一看。我問過回國的人，問他進門右面牆上貼的什麼，他說：「不知道。」「沒看過。」「沒有貼呀！」

人就是這樣，你不關心他，他也不關心你。

對這些文章，我是關心的。當初選擇光華寮，就是聽說過這些文章。對於我的關心和敏感，老馮看在眼裡。

十四、光華寮的統治者老馮

老馮表情冷峻，嘴角永遠留著一堆剛和別人辯論過的白沫。他是一個雄獅般的人，每天清晨掃完落葉，就一樓到五樓地巡視有他氣味的領地。

他知道我關心，我也一直想把這些文章的內容抄下來，一直沒有空。直到最後要走，我才下定決心，在一個陽光明媚的上午，把牆上的文章做了摘錄。因爲我想把光華寮的事，寫成散文，告訴天下的人。

自治委員長王天明，我見過他一面。那是我第一次到光華寮，正巧王天明也從大阪來京都。老馮介紹說：「這位就是光華寮自治委員會委員長王天明先生。」

老馮介紹的時候，王用委員長的風度朝我點點頭，並微笑了一下。

他是一個矮矮的身體很結實的男人，穿著背帶西裝，性格很豁達，我對他印象很好。

後來知道是大阪一家工廠的司爐工人，以前是光華寮的老寮生。因爲是工人，被選爲光華寮自治委員會委員長。

其實，應該當委員長的是老馮。老馮雖然能力強，但他的父親是大學教授，不是無產階級。國內階級鬥爭的成分論，在日本京都光華寮裡一樣適用。

老馮的巡視絕非多餘，眞有其他年輕的雄獅想把老獅王趕走。

十五、光華寮五樓住著反對派

一個住在五樓，深居簡出，以教日本人漢語謀生的老寮生，在我走過五樓走廊的時候請我去他那裡「坐坐」。

剛坐定，他就像共產黨人啓發革命覺悟般地啓發我。

他說：「你知道嗎？曹先生，你每月的房錢是交給誰的？」

「交給老馮啊！」我說。

「老馮有什麼資格收你的房錢？」我被他這句話震懾住了。

「你想過沒有，你交的房錢，都是老馮自己拿去的。」

他狠狠地說：「光華寮其實是一堆無人管理，也沒有歸屬的破房子，沒有主人，大家都可以住，誰也不該收誰的錢。」

我目不轉睛地看著他斯斯文文但突然變得光輝燦爛的臉，覺得有道理。

「現在」，他越說越激動：「光華寮是所有中國寮生的，是中國人就有資格住光華寮。憑什麼老寮生收新寮生的錢？現在，就是三個老寮生聯合起來收新寮生的錢，這完全不合理！」

「還有」，他說：「老馮的神經病老婆也住在這裡，兒子也單獨住一間。他們是留學生嗎？」

「兒子？就是那個黃毛嗎？」我見過那個把頭髮染成金黃，頭老是伸出窗口一副不學好的樣子。

他說：「是。」

十六、中國人的光華寮

「那麼，光華寮不是有一個『自治委員會』嗎？」我問他。

他說：「什麼自治委員會？誰承認？他們能成立自治委員會，我們為什麼不能成立自治委員會？」他反駁說。

我說：「有一個叫王天明的人，是委員長，十年前，我見過。」

「什麼委員長？是大阪廠裡燒大爐的。」

他憤憤地說：「大字不識幾個，也能當委員長？」

「當然」，他補充說：「王不算壞，馮才壞。壞人不死，好人倒死了。」

「王天明死了？」

「死了好幾年了。」

「那陳世光呢？」

「陳世光也死了？」

「死了。」光華寮自治委員會的三個人已經死掉兩個，老馮很擔憂。老馮的擔憂，我經常可以從他遲緩的動作和憂鬱的眼光裡看出來。

末了，他又說：「現在，老寮生走的走了，死的死了。你住下去，不付錢沒有關係，沒有人有權力收你的錢。」

他說：「我住光華寮，是從來不交錢的，你也不必交錢，到時候你一走了事。」我這才想起，黑龍江的副教授和他愛人，還有我叫不出名字的人，也是不付錢走的。

十七、新「自治運動」掌權

出他的房間，我像挨了一陣組合拳，搖搖晃晃地站不穩。

我回國以後，寮裡的留學生真的發起了一個「自治運動」。學「文化大革命」的樣子，叫老馮靠邊站。住寮的人輪流值班，打掃衛生，不付房租。老馮要打掃衛生，他們不讓他打掃；老馮不給他們掃帚畚箕，他們自己買。

經過激烈的撕咬，年輕的雄獅終於打敗老獅王，把老獅王趕出了舊領地。但新獅統治的局面沒有維持多久，幾個領頭的留學生回國以後，後面的就散了。所以，等我再到京都光華寮的時候，光華寮又恢復了原樣，仍然是老獅王收錢管理的局面。

有一次，我向老馮提出，因爲我是長住，是不是也像留學生那樣「入寮」，房錢可以便宜一點？老馮堅決不同意，他死死咬住我是「高訪學者」，多收我的錢。

光華寮是所有中國寮生的，大家都可以住，誰也不該收誰的錢。你說沒有道理嗎？當然有道理。

但要是我不付錢，老馮祭出的法寶是要和大阪的中國領事館「聯繫」，和我的學校「聯繫」。

他這一招對我管用，我怕「聯繫」，因爲我不斷在日本的報紙上寫文章，領館對我已經很注意，我不想被他們再「聯繫」，所以乖乖地把錢交給老馮。

同時苦笑地覺得，有中國人的地方，就喜歡「窩裡鬥」。爲什麼我們不能聯合起來，共同對付日本人呢？

十八、寮四周的日本鄰居

倒是有人覺得，作爲鄰居的日本人並不壞。他們總是和藹地朝我們微笑，大家相處得很好。

一九九三年，日本「長夏冷雨」，稻米歉收。日本不得不從美國、澳大利亞、新西蘭和中國上海周邊及黑龍江進口大米。

因爲有的日本人寧可挨餓也不買中國大米，最後中國大米賣不掉。但光華寮附近的一家日本米店主動聯繫光華寮，把中國大米按人送給中國留學生，每人一大袋。我也收到一袋，當時很反感，後來很感動。

還有，每年春夏之交，光華寮小客廳的桌子上，經常堆滿了紅紅綠綠、大大小小的番茄；到了秋天，又會放滿又大又甜的柿子。老馮說，這是光華寮周圍的日本鄰居從他們院子裡摘下來送給你們的。

他們不僅送，而且態度誠懇，送來的時候，聲音很小，生怕觸犯中國留學生的民族自尊心。

幾年中，我只遇到過一次。老馮說，他們每年送。但每次送來，都被饑餓的寮生一搶而光；我見到的那一次，大的、紅的、熟的也沒有了，只有青的、小的了。

這是不是日本鄰居的小恩小惠，或者想收買誰呢？我想不是的，他們不想收買誰。

老寮生說，倒是中國人和中國人難相處，你時刻都要提防點什麼，有些事放在心裡，逢人只說三分話，不知道爲什麼。

十九、女浴室門上的小洞

除了階級鬥爭，民族鬥爭，性別鬥爭也常常攙和進來。光華寮浴室門上的小洞，有時會搶階級糾紛和民族糾紛的風頭，成爲關注的焦點和大家心照不宣的微笑。

全寮不分男女，僅有一間浴室。女寮生在裡面洗澡，等得心焦的男寮生在門外偷窺。女生知道男寮生偷窺，所以在洗澡之前，先帶來橡皮泥或創可貼把小洞堵上。但等她們洗完出來一看，橡皮泥或創可貼已經掉下來，小洞早就恢復了光明。有耐心的女生再做同樣的工作，沒有耐心的女生就算了，不堵了，你們要看就看吧！

我住光華寮，早出晚歸，很長時間不知道浴室門上小洞這件事。直到有一個女生在門外貼了一張「小字報」，警告那些「色狼」；小洞吸引全寮人的目光，我才注意。

誰貼上的？誰撕開的？誰堵上的？誰捅開的？幹的人在門上都沒有簽名。

一個老寮生說，不必大驚小怪，光華寮浴室門上的小洞歷來已久，不是今天才出現的，我們恍然大悟，一定是「先輩們」幹的？但問過幾個「先輩」，他們都笑著說：是他們的先輩幹的。

一個人幹的，還是幾個人幹的？大家都忙，沒有時間調查。

最有意思的是，歷來已久的一個貼，一個撕；一個堵，一個捅，鬥爭很激烈；但寮裡所有洗澡的人，無論男女，大家見了面，仍然客客氣氣，從不提小洞的事，好像都不知道有這回事似的，貼小字報的人也一樣。

身在異國，寄寓他鄉，男生、女生，大家的同一首歌是——寂寞。小洞是留學生活寂寞的證明。

一個長得高挑漂亮的長春女生說，她才來三個月，已經有四名男生纏著她，要她叫他們「哥哥」了。

「你叫了沒有？」我問。

她說：「他老纏著，不叫不行。」

留學生中間也流行「愛國、愛家、愛師妹，防火、防盜、防師兄」的話。大家知道，不會影響什麼，傻子才會問。

日本千年男女同浴，隔與不隔，有沒有洞，他們無所謂。

第二次世界大戰結束，美國人還拍到這樣的錄影：日本年輕的一家三口在浴室裡洗澡，同時站起身來，歡迎來洗澡的另一個一家三口，大家都一絲不掛，我看過這段電視錄影。

但是，漸漸高漲起來的女權意識，使日本「性騷擾」事件頻頻曝光，京都大學校門口，橫七豎八貼滿了女生控訴男老師「性騷擾」的大字報，旁邊是男同學的聲援書。日本報紙上經常刊登男性集體偷看女職員洗澡的事。光華寮浴的偷窺，也許受到日本人的影響吧！

不久，我離開光華寮，搬到京大交流會館居住，光華寮的事就不知道了。

客寮聽蟬

二十、老馮死去大樹倒

前年，我去奈良開會。回京都光華寮一看，寮門大開；門前五層樓的巨松也被人鋸掉了。

——獅王一樣的老馮死了。

我正在寮門張望，看見一個在庭院前拉鐵絲網封門的人。就問：「請問，老馮呢？」

那人很凶地對我說：「死了。」

我心裡猛然一震：「怎麼死的？」

「摔死的。」他不耐煩地說。好像是京都草原上的另一族獅群，目我爲老獅王的同黨，所以對我很凶？

看封門的落款是「京都華僑委員會」，也許是他們的人吧！

從二十年前到寮興沖沖的那一刻開始，我便情繫光華寮並與寮共舞：我的感

情，從興奮到激動；從激動到憤怒；從憤怒到無奈；從無奈到寂寞；從寂寞到等待。等待什麼呢？等待合作？等待談判？等待明天？等待王天明、陳世光、老馮他們活過來；等待時光倒流？我重新取得護照，再第一次去日本？

都不是。

不管怎麼說，等二十年再去，那時也許應該重建光華寮了吧！光華寮應該建造成一流的中國留學生會館，這片中國的土地，應該成爲新世紀的土地，多情的土地，成爲現代中國在日本人心目中的輝煌。

二十一、我永遠熱愛光華寮

我去京都六次，這次離開京都，也許是最後一次了？我動情地唏嘘不已：就這樣結束了嗎？就這樣告別了嗎？光華寮——我的親人！受人鄙視、受人詛咒的光華寮，大海孤島般屹立的光華寮；鳥巢一樣溫暖的光華寮，我貧窮而又破舊的光華寮啊！今生今世，我不會再住在你那裡了，不會再去你那裡了。

但告別前，我要對你說：「光華寮，我要單獨地愛你，這片中國的土地。」我要深深地向你鞠躬，深深地表示感謝；感謝你大樹般的恩德，四季的庇護；我要爲你祈禱，爲你祝福，爲你祭奠——爲你長跪不起。

我採了幾朵野菊花，找來一隻瓷瓶，把野菊花插在瓶裡，端端正正地放在寮門前的地上。坐著，靜默了好一會，才重新站起來，轉身。

遲遲疑疑地走了一段路，不知為什麼，我回來，又在寮門前默哀了幾分鐘，淚流滿面地三鞠躬。

直到車笛催促，我才站起身，側身西望你上空的雲彩，長歎一口氣——然後掉頭不顧。

老寮生的風鈴

一

簷下一隻風鈴響著。

入寮的第一天，我就聽見「叮嚀……叮嚀」的聲音。從清晨和黃昏，是風笑的聲音、雪舞的聲音、清涼國裡的聲音：清脆、明亮、透明，沒有半點雜質，單純、素樸之中，自有一種縹緲的情致。

二

誰掛的風鈴？

——「是老寮生掛的。老寮生住過，走了，留下了風鈴。」管寮人說。

也許，老寮生想和我說話，不及見面，就通過風鈴來說吧。

還有，一年四季也有喜怒哀樂的，於是，風鈴就把春夏秋冬四季——和人的心靈溝通起來，天天和我說風、說雨、說天地之心。

但是，風鈴的語言，是風的語言，鈴的語言，天的語言，籟的語言，聽不懂的我，只能慢慢體會。

譬如，詩人說——誰也沒有看見風，但是，蠟燭被吹滅的時候，我們知道風在慶祝生日了；誰也沒有看見過風，但是風箏飛上天空的時候，我們知道風在遊戲了；誰也沒有看見過風，但是海浪翻卷起來的時候，我們知道風在生氣了。

是的，誰也沒有看見過風，但是，風鈴在簷下自語的時候，我知道詩人在寂寞了。

三

日本人說，風鈴源於中國唐朝；是日本留學大唐的僧人帶回國的。

剛到日本，對日本什麼東西都從中國傳來覺得有趣：水稻從中國傳來、茶葉從中國傳來、禮儀制度從中國傳來、祖先從中國傳來；就在今年，新當選的日本首相羽田孜，就公開承認他是中國秦始皇的後裔，說他祖先姓秦，曾是徐福的隨員，他們家族在兩百年前剛改姓羽田。我以爲這樣說多了，可以提升中國人在日本的地位；後來很快失望，因爲這些對改變中國留學生的命運一點幫助也沒有，就再也不感興趣了。

加上不久，生活又忙又亂，經常早出晚歸，經常不在寮，風鈴響了，沒人聽。

四

不僅是風鈴，就是鄰居來敲門，帶來的都是失意、失戀和憂傷；心裡的感情找不到人訴說，人人都急急忙忙地開門、關門，不朝後看，生怕影響自己的休息。大家各住各的，各忙各的，經常是幾個月的鄰居，走了，連一句話都沒有說過；寮中的人，大部分不認識。平時的我，只能在星期天，像喪家的狗一般，受了傷地、靜靜地躺在床上，獨自聽風鈴的聲音，自言自語。在京都的生活，陪伴我的，一是案上的書，二是簷間「叮嚀、叮嚀」的風鈴。

五

生病的時候想到，小時候，在鄉下，父母怕我走失，怕我掉到河裡，便在我的腳上懸一個鈴鐺，我走到哪裡，鈴兒響到哪裡，那是一份牽掛——我漸漸地明白老寮生掛風鈴的意思了。不是爲了避暑、爲了消夏、爲了清涼；而是爲了消愁、爲了解悶、爲了聽自己的心情。有時同樣的鈴聲，可以聽出不同的心情。

在大阪灣與鳥羽的飛渡中，鴿群的毛羽，在輕輕地迴旋、輕輕地飄蕩、輕輕地滑翔；

廟會的風笛，各種吉祥的音樂、賣烤魚、烤肉小攤販子的煙，便彌漫在寺廟五顏六色的地攤和擁擠的人群之間；讓老占住道路、老要避讓的我，覺得眼前的一切熱鬧都與我無關。

六

唯有，此時風鈴的聲音，是廟宇的聲音，簷雀的聲音，廊下鐘磬的聲音，初夏中午寂靜的聲音。可惜，佛祖不坐在那裡。

旗播飄動的時候，佛祖問眾弟子：「那是什麼在動？」

眾弟子慌忙不迭地回答，是「旗在動」、「風在動」，都是錯誤的；真正答案，是「心在動。」

所以，當風鈴響起來的時候，假如佛祖

正好坐在那裡，問我：「現在，是什麼在響？」

我絕對不會回答，是「風在響」，「鈴在響」，我會回答是「心在響。」

就像現在，風很大，簷間風鈴下的短冊在上下翻動。但是，響的，不是風，不是鈴，而是我的心。

七

歸期很快到了。和以前的老寮生一樣，我也要走了，要回國了。

風鈴響起來：「叮嚀、叮嚀、叮嚀」。

風鈴依舊響著，風鈴不知道我要走，並且，不會再來了。

「就讓風鈴這樣一直在簷下響嗎？」妻問。

「帶一枚風鈴回國吧！」妻說：「她挺留戀我們的。」

我說：「好。」便解下風鈴，打進背包。

八

我知道，妻想帶回的，不是風，不是鈴，而是我們在京都一年半寂寞的生活。

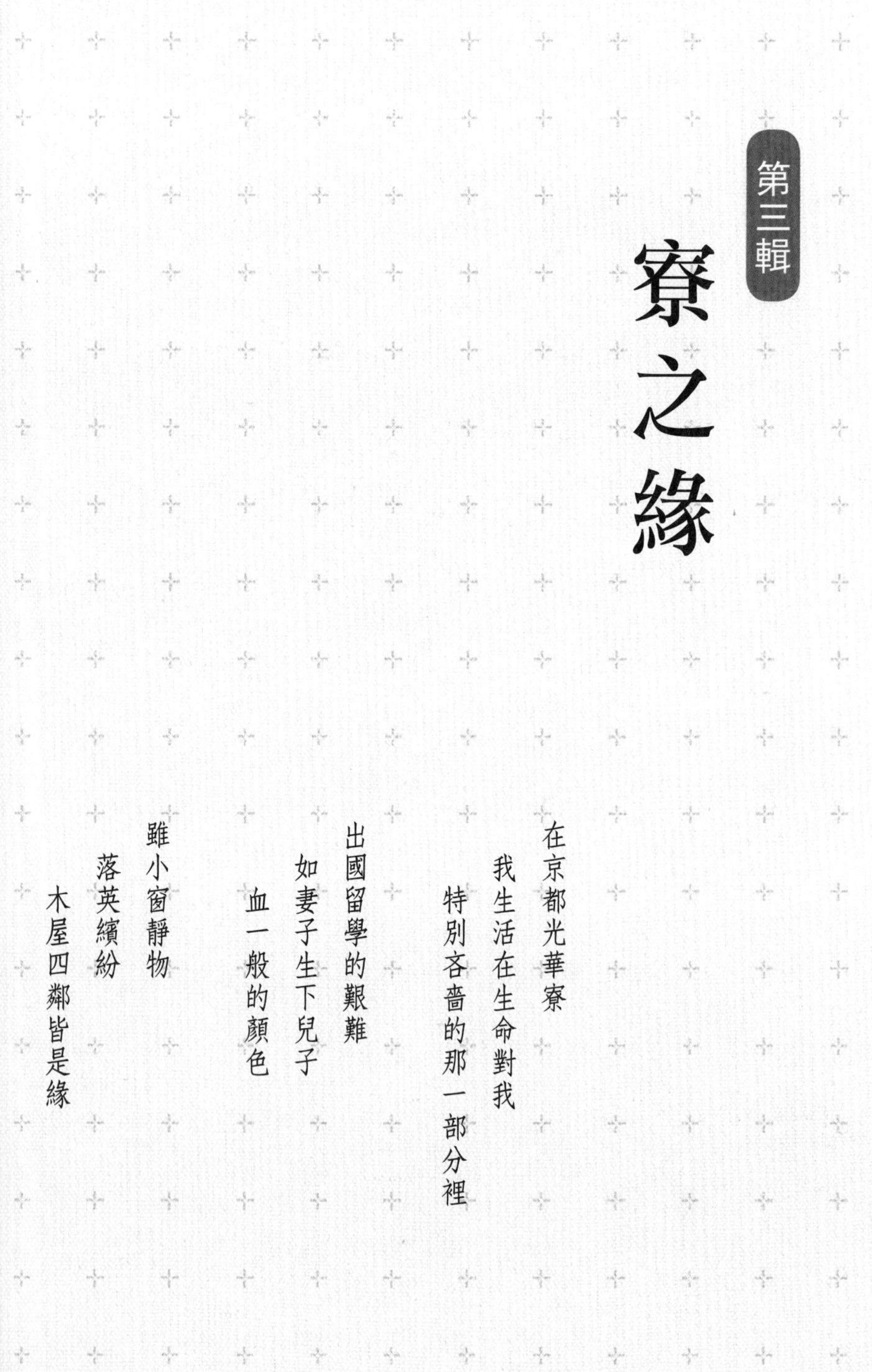

第三輯

寮之緣

在京都光華寮
我生活在生命對我
特別吝嗇的那一部分裡

出國留學的艱難
如妻子生下兒子
血一般的顏色

雖小窗靜物
落英繽紛
木屋四鄰皆是緣

但在四季的羞澀裡
　我藏身的文學錦囊
　　比現實完美

中年像一隻巨大的紅石榴
　疼痛的鮮血
　　在我心裡開裂

寮的小窗

一

寮的小窗，破舊而又明亮，像一個窮孩子的眼睛，流露出期盼的神情。因爲窗小，沒有裝過窗簾，從未享受過布的細膩與溫暖。但它爬滿了青藤，今年的花，去年的葉，前年的枯藤纏繞在一起，成爲窗飾。寒風、冷雨、飛雪、落花，時來撲打木筋畢露的窗櫺。

擁圍寮的大樹，叫不出名字。像一群陌生的故意來此尋釁滋事的外鄉人，想用身體擋住小窗，不讓它與外界接觸，但小窗仍頑強地不分白天黑夜地朝外面張望。

二

清晨，小窗醒來。我也醒來。

醒來後，我在窗下讀書。此時，烏鴉的啼叫、日本巷子裡燒烤的叫賣聲，便一聲聲地落在我的書桌，動搖我的情思。

有時我會仰起頭，踮起腳，從黑木柵的視窗，寂寞地朝窗外的世界凝視。大樹是我的日曆，枝葉是我的風向標。看樹葉的色彩，影的正斜，我知道現在是春天還是秋天；是上午還是下午；是颱風還是下雨，是飄絮或是落雪。因爲關不緊的小窗，風會進來，雨會進來，絮會進來，雪會進來，寒氣會進來，葉子會瑟瑟發抖——小窗是四季的畫框。

三

舉例來說，春天剛來的時候，膽小得像與南唐李後主幽會的小周後，儘管放輕腳步，還是覺得簷滴如山響，綠衣太閃亮。又激動，又害怕，神色不甯地向四面張望，心都提到嗓門口。突然她靈機一動，脫下繡花鞋，提在手裡，穿著絲

襪，快步無聲息地下了臺階，一溜煙穿過殘冬的長廊——急急忙忙地與皇帝約會。

沒有靴痕，沒有聲音，沒有通知任何人。車轍泥濘，不是足跡；鶯啼言語，不是聲音；春雨淅瀝，沒有敲過門。但春天的形跡，春天的一舉一動，都沒有逃脫小窗的眼睛。當樹蔭越撐越圓，撐得鳥聲都碎了；終於，日光近頭，花柳慵懶，鶯兒午睡，草像軟軟的發，垂在泥土的氣息裡。

四

久雨之後，天一放晴，小木屋裡便滿是綠色的陽光。樹的枝丫，成了橫在我窗口的勺柄，葉子隨風舞蹈，綠色的光便如純淨水，一勺一勺舀進來，又一絲一絲從門縫濾出去。寮的小窗，新鮮的空氣清澈而透明。陽光是綠色的，光線很柔和；此時，明亮的黃色，參合一點綠，房間便暗了；一暗，就暗成靜謐。

我躲藏在靜謐裡，像樹殼裡的蟲豸，側耳細聽驚蟄的聲音；看拖著亮晶晶痕跡的蝸牛，在寮的小窗前慢慢爬過。

春眞的走了，夏眞的來了，杏花碾成香塵，雨才放聲大哭，風也發狂，門已黃昏，寮的小窗，燈亮起來。

五

秋天，窗小，山月更小；小窗不僅能容納山月，還容納東山彎彎的脊背。風在寮簷下裝了一排簫，「嗚嗚」地吹哀怨的曲子，一直吹成初冬的雪；簫停下來的時候，窗外全白了。

隔著小窗，我像雪中的饑雀，每天都等待乾糧般地等待親人的來信；我經常站在小窗前春望，然後下樓去看信箱。

一排信箱設在門邊，不銹鋼的外殼，箱上槽中插著我名字的卡片。

有的人信箱不鎖，我是鎖的；因爲故鄉的來信被密封過以後，像釀過的酒會更馨香、更神秘、更溫暖，更不與人分享。爲了開啓方便，我把信箱的鑰匙藏在東牆一個樹木覆蓋的隙縫裡。心裡藏著秘密，別人不知道。

六

我一天要開幾次信箱，早上開一開，中午開一開，晚上開一開。明明知道沒有信，對著空信箱也要忐忑地開一開。眞的沒有信，我便臉色慘白地病了一般。

啊！有時突然收到一封信，便快樂地進了天堂，取了信，坐在小窗下讀。

那時，寮的小窗，便晶亮得像妻子濕潤的眼睛；晦暗的日子就明亮起來；

那時，小窗的映出的空白，便把我的心和京都的天空連接在一起，和天上的小鳥連接在一起，和故鄉親人的叮囑連接在一起——

勸君早歸家——綠窗人似花。

寮門靜物

一

雖然八十年前的樹，仍忠實地擁圍在寮的四周。但風雨侵襲，歲月刻畫；不知從哪一天開始，寮門黯淡了，剝落了，開裂了。寮的大門，破得像老人合不攏的嘴。和它相伴了半個多世紀的老鎖，也像老伴與鑰匙離異，不再相守在一起；不知被管寮人棄置在哪個角落裡去了。

現在的門已經像個瘸腿老人，拐著杖般轉動，天天開合，迎送著進寮出寮的人。

進寮出寮的人，對這扇大門既不注意，也不憐憫。他們有時用腳使勁踢開，然後一旋

身，不用手，讓寮門自動關上，「嘭」地一來，「嘭」地一去，震得寮牆上的泥灰，「嗦嗦」地往下落。

二

只有我覺得這是我的舊居，異鄉住久了，也會產生一種留戀，不是留戀異鄉，是留戀自己。

我經常一個人在門前駐足徘徊，看門前的樹影，聽門前的風聲，第三隻眼看進寮出寮的人，樓上晾著紅紅綠綠的衣衫——風把畫面吹動起來，表明寮還是個活物。門前的靜物，都被時間凝聚成綠色的琥珀；每當夕陽把木門和門上的舊銅把手鍍成厚重的油畫，寮便成了黃昏。

窗戶是樓的眼睛，門是樓的嘴；沒有了鎖的門，像牙齒脫落。雖然日本的治安很好，許多人家夜不閉戶；但是，晚上關上大門，畢竟使一天變得完整。

沒有鎖，怎麼關門？

用舊電線，把兩扇門的把手捆紮在一起；電線的一頭先在一隻把手上固定好，然後把另一扇紮起來。

除了電線，還請石頭幫忙，用一塊不規則的石頭，抵在兩扇門的當中，這時，時針和分針正好同時到了午夜，管寮的老馮便睡覺去了。

三

老馮前腳走，後腳就有動靜。

先是石頭被「嘎嘎」轉動的聲音，接著，便出現一隻黑手，從兩扇門的縫隙中伸進來，解纜繩般地解開電線。

如果是拍電影，半夜三更，一隻手伸進來解電線，接著黑影破門而入，一定夠嚇人的，但這樣的情景，我們見多了；而且，有時回來晚了，自己就是這隻黑手的主人，害怕的就是別人了。

住在寮裡的人，五花八門，沒人弄清彼此的作息制度，有人清晨出去，傍晚回來；有人夜半出去，清晨回來；因此，用電線紮住，石頭抵住，都是象徵性的，紮住、抵住的時候，表明一天結束了，但寮門並沒有空閒下來。這樣的門，君子也難防，不要說小人了；也許可以防野貓吧！

四

寮門前的靜物：一是簇擁寮的高樹。從西而東，朝「大文字」方向，今出川入北白川，左拐，從一條小路進來，大約三十步，就到寮門。

寮門前日式庭院，有一片小樹林。小樹林裡，紅楓、烏桕、櫻花、枇杷、廣玉蘭、柿子樹，密密匝匝，分割天光，從樹隙漏出的光影，撒了一路，像誰家的白鵝亂下蛋，路上的卵石銀斑斑。

這時，你站在寮門前抬頭看天，太陽好不容易從密密的枝葉間印出來，是青青的一輪，如印象派的畫，別的地方沒有見過。

靜物之二是寮門邊的自行車，從簷下排到簷外；小樹林邊也三五成群地散落著。開始很驚訝，有的車沒有鎖？再看，許多車都沒有鎖，是無主車。記得剛來的時候，一次有急事，想「借」一輛騎騎，把車推出，剛上車，就倒下來。原來前後胎都是癟的，沒氣了；換一輛試試，再試，全是沒氣的，一排都是。

人住寮裡，車停門外；有的人走了，回國了，一去不返，車棄置一旁，成了門前的靜物。

失去主人，癟了胎的車，像一群瞎了眼，偎依在港口的破船，空蕩蕩地停泊在門邊；任寮前綠得透亮的樹影，輕輕地籠罩在一輛輛車上。尤其是樹影被風吹起來，細細的綠浪均勻地向前湧動，一波一波地撲向寮門，在舊木門和玻璃上一閃一閃。此時，是樹在晃，影子在晃，光斑在晃；你弄不清楚，只覺得門在晃，車在晃，空船在晃。

五

車什麼時候停的？主人什麼時候走的？

無人過問，也無從知道。但可以憑車架上的雨痕判斷。

颱風了，下雨了，這些聚集在寮門支架攙扶的無主車一任風雨。風雨會在車身留下雨的印記，假如你對你的坐騎有感情，彎下腰仔細看，就會發覺，座位和三角架上有深深淺淺的雨痕。

車之有雨痕，如臉之有淚痕；淚乾了，痕跡留在臉上。尤其是春天，尤其是細雨，淅淅瀝瀝，滴滴嗒嗒，不停地，舊痕未了，又添新痕。

此外，可以根據網兜裡的落葉來判斷。

泊著的車，一年四季，網兜裡總會有東西。多數情況下，是一張張紙質很好，印得精美的廣

告，有超市的購物傳單，也有周年祭、大放題、京大舉行話劇公演的節目單……花花綠綠，琳琅滿目，這些都是發廣告人的劣跡。

有主的車，主人會清理，第二天將這些精緻的垃圾扔掉；但無主車只能等風吹掉，等雨爛掉；吹不掉，爛不掉的就兜著。

六

開始不懂，這些無主的舊車、癟車，爲什麼不扔掉呢？後來知道，在日本，這些東西是不能隨便扔的，扔到街上要罰款；扔到垃圾收集站要付費。

管寮的老馮曾經請垃圾收集站的人來看過，要把寮門前和走廊裡的垃圾清理乾淨，至少要花費三十萬日元；沒有人會出這筆費用，車就永遠停在門外，爲旅人遮避風雨的寮，也成了車的避難所，堆著、放著，成了超現實主義、後現代派繪畫大師的傑作——用廢鐵，用一圈一圈鋼絲構成圖案，成了——寮門外的靜物。

七

總有販子一樣的小廣告塞給你；寮門外的靜物，也收到許多小廣告。

春天收落花，夏天收漿果，秋天收枯葉，冬天收殘雪，四季不讓網兜空著。只要天氣預報說，西伯利亞寒流來了，北海道大雪沒膝。不久，京都也下起了雪。

雪先在電視裡紛紛揚揚，行人蹣跚，雨傘歪斜；你寮門緊閉。不覺第三天，雪停了，你走出門，發現，每一輛車的網兜裡，都盛滿潔白的雪。

細心的人看見，春天，有花開，也有葉落；有的葉子經得起冬天的嚴寒，卻經不起春天的熏風，在軟綿綿的鳥語裡，不當心墜落在兜底。夏果最愜人意，樹上黃澄澄的枇杷，烏鴉爭食，碎屑灑落得車兜裡外都是。

秋天的內容最豐富，色彩最多。一天、兩天、三天、一個星期，枯黃的顏色成正比例地增加，不用一個月，黃葉便與網兜上端的鐵絲平齊。

八

我曾在寮裡住過，有兩輛自行車，一輛自己揀的，一輛是朋友張伯偉送的。他走了，車不要了，送給我，我便有了兩輛。現在都成了無主車，永遠泊在寮簷下，不知怎樣了？

屈指算來，我離開日本京都一年又一個星期了，也許，車身佈滿淚痕？裡面的枯葉，也早與網兜平齊了吧！

賞花

春天的綺麗，在於破曉的晨曦——日本女作家清少納言《枕草子》第一句這麼寫。

一

我們呼朋喚友地相約看櫻花。

從銀閣寺道出發，往哲學小路，沿疏水上溯，探索花的源流。無數花枝和疏水曲折透迤，在櫻花的浪裡，人往山上走，水往山下流；人是一道五顏六色的河川，水是一條清澈見底的細流。

水邊是砂石的小路，潔白無塵；溪上有橋，橋上有人；人在觀魚，小魚吞食花影，每有落花入溪，引起魚的躍動，揀殘花扔在水裡，久則棄之。由下而上，從山端至八阪神社、南禪寺、清水寺，像一條隔不斷的錦繡路，蜿蜒在東山之麓，淹沒在東山之麓。

整個京都，全都浸濕在花光裡，只有京都車站的尖塔聳出花光之外，讓人遙望。

山之崖，水之濱，在萬花掩映的八阪神社公園，人們在樹下張燈結綵，許多樹上都纏著紅綢，像美人舞罷，一曲紅綃掛在脖子上。在寺廟前的樹上，紮上白紙條，寫著早結良緣、求子多福、交通安全、身體健康。

更有丈餘的高樹，幾百盞彩燈，把樹映成空中樓閣。倚著粉紅的雲霞，團團錦簇、玲瓏剔透，高懸夜空，令人驚歎。走過樹下的人，清國人，民國人和今天的我，無不震懾於驚豔絕倫的美；抬頭仰望，口不能言。

二

櫻花樹下，坐者、行者、臥者、爛醉者，俯仰、迭坐、橫臥在綠色的塑膠布上；亦有吟哦者，手執照相機者，身背三角架者，盤腿作畫者，攜來簫鼓者，帶著吉他者，在樹下吹奏、表演，觀者、聽眾，則圍成一圈一圈，塞滿道路，來來往往的遊人，遂接肩摩踵，擠擠挨挨。路旁拋棄的空酒瓶、摔壞的破酒瓶，醉倒不扶的人，處處皆是。

如果怕遊人太多，我們可以沿溪水，走一條傍山根的小道，感受花浪撲向大山時寂靜的聲音。

白雲深處，忽有人家雞啼；走近，見出牆的花枝，寥落的

古墓，莊園的石階，不會有人開門，我們便在門前的石階上，稍作休息。

再向前，在傾斜的石坡路上行走，無人的老街有點傾斜，樓上掛著紅紅的燈籠，插著杏黃的小旗；寺廟疏木隔水傳來隱隱的鐘聲。東山標誌性的「大文字」三個大字，你抬頭可以望見。

三

南禪寺深，深在山之腹；藏著龍，藏著僧，藏著青翠，藏著玄機，高深莫測；清水寺則飛在山脊，聳出樹表，上接浮雲，掩映在花光。

登上最高的樓閣，俯看下界，千樹婆娑，萬朵雲霓；遠處奔馳的汽車，粒粒可數。在櫻花潮水般的大海裡，遊人和汽車全變成一條條穿梭不停的小魚，有的遊得快，有的遊得慢，但沒有一條能逃逸春天的大網。

忘了凡塵，忘了仙境；忘了時間，忘了乾糧和水；忘了太陽從我的右臉轉到左臉。

四

美麗從天而降，也是人的培養。聖德太子定都京都的時候，開始栽櫻花。

僧侶在寺院裡栽；山裡人在屋前屋後栽；水邊的人沿著河堤栽。人人栽樹，人人賞花。世世代代，成了傳統。讓從梅國來的我們驚詫不已、羨慕不已。

人和花是最美的——兩張臉。

當栽花和賞花成爲一種自覺——栽花和賞花是同一個人，生命便和花雲蒸霞蔚地融爲一體。

五

經常夢到，有花的日子，眞美；有櫻花的風景，更美；穿和服的女孩子，最美——日本的花國精神，令我悵悵不能言。

秋的「大文字」山

一

打開秋的小窗，在我眼前，環抱京都的山峰，皆是絳紅色的城堡。整個夏天又悶又熱，蟬在憤世嫉俗地呼喊；秋卻紮上金黃的頭巾，磨亮刀劍，發動了政變。

風吹響了號角，「大文字」山那邊，穿迷彩服的秋的軍隊，源源不斷地沖過來；我住在山的這邊，親眼看見從沿逶迤曲折山道上過來秋的馬隊。萬馬奔馳的山，由北而南，在到達大阪灣之前，一起圍攻京都城。

二

秋亮閃閃的劍，光與樹影在風裡激烈地格鬥。率先登上城牆的秋，一上來就亂砍亂伐，砍去綠色留紅色，砍去青澀留老黃。我看到，秋的隊伍重重疊疊、深深淺淺，越過遠遠近近的房舍，一波一波地湧向我的窗前。在夕陽照射和群山的映襯下，京都成了「金色的池塘」。

原來守城的夏軍，向南逃跑；戰死的，如沙礫、落葉，屍體飛舞無人撿。不久，小溪邊的蘆葦，便像劫後餘生的老人，甩一頭白髮，在風中亂飛。一股淒清的美，在秋風、秋霜、笳聲和蘆管的幾重奏裡，蛇一般滑過山脊。

三

京都秋天美的意義，我在中年以後才漸漸地領悟；對立秋的感悟，也比春分多了一倍。越是經歷歲月，經過顛簸，對秋天的美越執著。

正沉浸在秋色的想像中，忽然，窗前燃起了火光。東望「大文字」山，山正在燃燒。不是夕陽的照射，是有人放火燒山。

我被眼前熊熊的火光驚呆了。怎麼回事？

老馮告訴我——今天是盂蘭盆節的最後一天，日本人在迎接祖先靈魂回家和親人團聚以後，今天要送先祖的靈魂回去。爲了讓祖先一路走好，要燒「送魂火」，我今晚看到的，就是京都傳統的「火燒大文字」儀式。

盂蘭盆節是道教的節日，也稱「中元節」，俗稱鬼節；最早盛行於中國和印度，後傳入日本。在日本，現在是僅次於元旦的盛大節日。盂蘭盆節前後，學校、公司、企業也都放長假。人們紛紛返回故鄉，祭奠祖先，讓祖先和家人一起團聚。

四

我見過東山坡上，有人在叢林裡砍出一個橫劃七十三米，撇劃一百四十六米，捺劃一百二四米的「大」字。中間的禿髮，和旁邊鬱鬱蔥蔥的林木形成鮮明的對比。走在街上，抬頭一眼就能看到。

人們在這個「大」的空白裡，放上七十五堆松木；晚上八點，七十五座火床同時點燃，烈焰沖天。除了京都的「大」字，奈良、靜岡、秋田，還有「妙法」和「船形」的圖案，映紅夜空，演示出百萬人齊送先祖靈魂歸天的壯麗場景。

老馮問：「你們家鄉還有沒有這樣的節日？」

我說：「沒有。」再一想，有的，不過是迷信。

在遙遠的國度，我們很多人的腦子裡已是一片黃茅白葦，對是非已分辨不清。大家不再敬畏什麼，信仰什麼。

祭祀祖先？祭祀祖先幹什麼？祭祀祖先能帶來金錢，買到三房一廳，能讓股票上漲，解決實際問題嗎？

送祖先靈魂回去要舉行「送魂火」的儀式你知道不知道？

不知道。

當然不知道。

五

有一年盂蘭盆節，我的日本學生帶我去「大文字」山，希望我跨火塘，跳火把舞，撞鳴鐘，和他們一起歡呼。我當時心動了一下，但還是搖搖頭。

怎麼祭呢？我故鄉的曹家祖墳早在「三年自然災害」的時候，就被四麻子、網哥子、鐵鍋匠一夥人平掉了。

他們說是上面的命令，大隊裡叫平的，和王家、徐家、李家祖墳一起平掉的。

六

現在回國已經很多年了。但我還記得，秋是京都四郭的遠山。

我忽然懷念京都的秋天，懷念京都城堡般的群山；懷念在「送魂火」中燃起祭祀祖先的渴望。

秋的京都，秋的「大文字」山——那是我初來京都，舉目無親，天天與它朝別暮見，已經成爲摯友一樣的「大文字」山啊！

雪的舊巷

一

今天是小年夜，我仍然像覓食的饑雀，早出晚歸，一大早飛出去，晚上才飛回來。

日本人原來過中國的春節，後來不過了，過元旦。但是，這和我沒有關係。我聞得出小年夜寒冷空氣中刺鼻的清新味，我已經習慣了小年夜一個人寂寞地獨來獨往，心事不爲人知的快樂。

以前在大學裡讀書，同學們一放寒假就走了；只有我留在宿舍裡一直到小年夜才回家。不僅宿舍裡就剩我一個人，在食堂裡吃飯，在路上行走也遇不到人的時候，我又寂寞又快樂，我已經習慣了寂寞。

我家房子小，兄弟姊妹多，回去和父母、兄弟姊妹擠在一起，不如在學校裡讀書。因此，小年夜回家的路上，遇到風雪是常有的事。

二

今天也是，兩隻腳一腳深一淺，只是身體更疲憊一點，心力更憔悴一點；但不躲避風雪的精神是一樣的。

雪越下越大，一個人走，風大一點沒有關係；雪大一點沒有關係；反正我已經成了雪人，反正回到雪的小巷，風雪夜歸的就是我一個人。

寮的北面，是北白川，一條舊舊的巷子，成排的木屋，歪歪斜斜地在雪街盡頭的白屋——就是我的寮。

寮，棋子般地靜謐，雪夜窗格子緊閉；天色暗下來的時候，小巷無人，雪地只留下我的腳印。

回到寮，雪拍了一地。開始做飯，紅紅的爐火，暖暖的叫壺；小粥便沸然有聲。

此時，只有爐火和雪的圍城，以及圍城裡的我。

我點燃桔紅色的燈，和對面人家屋頂上的白雪，互相掩映。

三

京都的冬天是一部禁書，晚飯後，關起門來，讀川端康成的《雪國》。

「穿過縣境上長長的隧道，便是雪國了。夜空下，大地一片瑩白，火車在信號所前停下來。」

川端康成簡潔的筆，拉開了《雪國》的序幕。我們也像書中的主人島村一般，坐了一夜的火車，疲憊而又新鮮地抵達了這個靜寂寒冷的雪國。

島村三次來了，三次走了。他只是一個遊客，不會久留。他與駒子、葉子的愛情，註定是一場美麗的邂逅。雖然他們認眞愛過，但無論善解人意又多才多藝的駒子怎麼追求他，他心裡喜歡的卻是更年輕的清純少女葉子。但，這些，也都是暫時的——人是遊客——人走了以後，只留下雪，留下國，留下浪漫和憂傷。

我不是島村，我們國家不同，地域不同，時代不同。但是，你以爲國家不同，地域不同，時代不同就不會有同樣的感情了嗎？你以爲不在雪國或離開雪國就沒有駒子和葉子了嗎？何處無雪，何處無憂傷？寂寞、憂傷是一種剪不斷的絲，我把它帶到異國來。

四

我是從川端康成《雪國》裡走出來的人，失意和去國懷鄉——在爐火邊，寫著家信。

在大雪撲窗，紙窗發抖，寒氣從窗縫隙裡鑽進來的時候，溫暖自己唯一的辦法，就是一封一封地寫家信。爲了記住每一個寂寞的小年夜，信是我心裡的歌聲。

五

快過年啦！寮對門幾個不能回家鄉的留學生，到我這裡來小聚。他們一個從東北來的，一個從陝西來的，一個從江南某地來的。盤著腿，圍坐在我簡陋的桌邊，隔著風雪的爐火旁，喝著米釀的酒，點燃鄉愁，思念家鄉、思念親人的火苗，漸漸濕成眼睛鏡片上的雨點。

一個朋友站起來，出門，用一杯清酒，澆在舊巷深處的雪地上，是祭奠？還是絕望？據說，那是一個「黑」在日本，回不了家的人。

六

在雪天，在舊巷，我已經用深深淺淺的腳印，把京都的冬天，踩出一條花邊。那些遙遠的京都的記憶，冬天舊巷的故事——都是春雨前不會被抹平的雪痕。

京的藍染

一

「京的藍染」是店鋪名。店在今出川和山崎路口轉彎處，專賣京都一種經過洗染的布料。

對於我的意義，是我打長途給上海妻子時，它就在電話亭路對面，朝別暮見。而且，四個字用秀麗的隸書「曹全碑」寫成。不遠處一家「白水」拉麵店，用的是國內都不太用的張猛龍字體，這對遠離故鄉的我來說，似乎比上海漸漸光怪陸離起來的霓虹燈還要是故鄉的樣子。

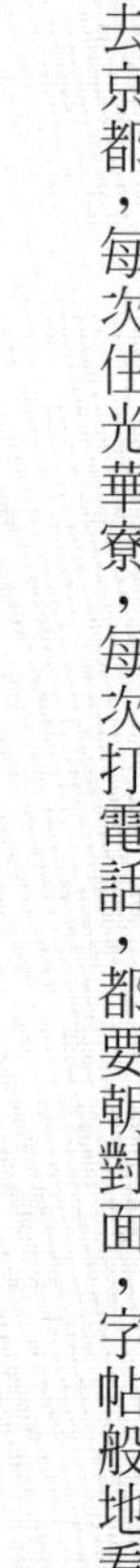

以後每次去京都，每次住光華寮，每次打電話，都要朝對面，字帖般地看幾遍——「京的藍染」。

二

我經常走過店鋪，朝銀閣寺方向走，一定要經過的。但奇怪的是，我從未看見有人進店出店，既沒有顧客，也沒有看客；好像這是一家機構而不是商店。好奇的我，終於忍不住推門走進去。

記得我一腳跨進店鋪的剎那間，裡面的營業員全都用異樣的目光看著我。好像說：「你進來幹什麼？」

我當然不是買藍布，我是參觀的，臉上寫著。她們看出來了，笑臉相迎。

我站著原地旋轉了一下，驚訝地發現，展臺上的、牆上掛的，京的藍染，高雅絕倫；美麗和高雅，會讓人窒息。

藍染以素布留白的方法，染著自然蔬果、四季風景和《源氏物語》中男女主人公的故事。可以做門簾，做臺布。美麗用水洗，愈洗愈素淡，愈柔和，充滿內斂的靜美。古代日本婦女很喜歡這種藍染，掛在門上，滿屋子都有一種蘭的芬芳。

三

幾位身材高挑，氣質高貴，笑容親切的女營業員站著，在滿堂藍染的映襯下，大而明亮的眼睛，白皙的手臂，古代仕女圖一般凝著霜雪。

但從她們優雅的氣質和美麗的眼睛裡，仍然感覺出明亮背後的憂傷。

是藍染過時了？還是，她們都是大年齡的剩女，因爲過於美麗、高雅，一塵不染，不與時俱？或者，時代變化太快了，本色的美麗守不住？各種各樣的時尚看花了人的眼睛？

我經常想，不會的，不要緊，這是京都，是日本傳統的故鄉，是首都專賣藍染的店鋪呀。日本的紡織、藍染、陶器、漆器、戲劇、花道和茶道，已經成了他們的國粹。

四

二〇〇一年回國後，我已經八年沒有再去日本。去年奈良開詩學會議，會議結束我去京都。八年後重到，「京的藍染」已經倒閉。

現在無論是日本人還是中國留學生，都有手機，不再去電話亭。但我朝銀閣寺方向走，它已消失得無影無蹤。不見了字帖般的「京的藍染」，不見了優雅的大齡仕女，令我悲傷。

五

將野生植物蓼藍莖和葉乾燥後，浸水發酵，做成藍色的印染布。但現在已經不再有人做這種沒有規模，沒有效益，不能迅速帶來金錢的「藍染」了。古代京都，最正宗、最自豪、最發達的「京的藍染」，已經遙遠。即如日本，也有流逝的東西。時尚守不住美麗，日本也是。

日本的藍染到哪裡去了呢？我不知道。也許也像藍染發端的中國江南，像在周莊、烏鎮、千燈小鎮，只在旅遊裡保持一個節目，像把老虎、獅子關在籠子裡，讓人看瀕臨絕種的樣子吧！

今天是一個晴朗的日子。於是，我想用筆挽一段京都的藍染，並挽住大齡淑女的美麗，作爲我在京都那一段寂寞時光的紀念。

木屋四鄰

一

剛搬來不久，還沒有鄰居。

雖然木屋和木屋很近，柵欄很低，沒有拒絕人的高牆。而且，日本人家把主人的姓氏寫上木牌，掛在門口，像田中、長谷川、高橋、木津等。但沒有人會跨過柵欄，也不會有人在門前逗留，因此，住了幾年也不知道隔壁鄰家是誰？

天天聽鄰家的狗叫和敲門的聲音，輕輕地扣一扣柴門。柴門有韌性，會唱歌；開門、關門的時候，「吱呀」一聲，像一個探頭的丫鬟，用清脆的聲音問道：

「誰呀？」

「我呀。」

「你是誰呀？」

「我是客人。」

四周的鄰居大多數是日本人，也有旅日的中國人。蘇曼殊、夏目漱石、謝冰心，都是木屋的主人。我們認識太遲，離開太早，錯過了當面請教的機會。

二

迷失在春風裡，濡濕在春雨裡，那是蘇曼殊出生在橫濱的木屋；蘇曼殊喜歡在春雨的樓頭吹「尺八」簫。中國「簫」和日本的「尺八」很類似。「嗚嗚嗚」的聲音，是風的聲音，雨的聲音，春雨瀟瀟的配曲。好悲傷，好淒婉，吹出，情的纏綿，僧的悲涼，我的淚水。

蘇曼殊是托缽的僧人，踽踽行走在櫻花盛開、花光爛漫的道路上，走過了一村又村，踏過了又橋又一橋；他記性不好，也懶得記，現在踏過的，是第幾座櫻花橋？他一面吹簫，一面想，何日歸看浙江的秋潮？

三

鄰居家有一冬的爐火。爐火旁是一張深色檜木的大桌子；我看見，隔壁的窗紙，紅紅

的，一閃一閃。

夏目漱石伏在桌子上，忘我地寫作。

爲了迎接春天的陽光，夏目漱石的木屋在春天到來之前就準備好了，他用殘雪和爐火，烘烤手稿上新鮮的字跡。

殘雪的任務，是留在木屋的頂端，和簷下的冰溜一起等待春天陽光的照射；爐火的意思，不僅要映出手稿，還要映出夏目漱石疲勞但堅毅的臉龐。

性格孤高、情緒失意的夏目漱石，精神上充滿了苦悶與動搖，但他描寫當代日本知識份子精神史的計畫不動搖。

夏目漱石伏案很久了，他從前一個冬天，伏案寫作，一直到第二個春天，第三個春天，沒有離開案桌一步，偉大的前三部曲《三四郎》、《從此以後》、《門》，便在殘雪和爐火的木屋裡誕生。

四

清晨的屐聲從深巷傳來，濺起一片鄉音。那是謝冰心折疊了許多紙船，準備拿到海邊放回，一半寄給故鄉的母親，一半寄給小讀者。

冰心住在木屋裡，每天早晨聽木屐的聲音，從巷子的一頭，清脆地響到另一頭，那是冰心不眠的思念。

你可以想像，蘇曼殊「嗚嗚」的簫聲和下著春雨的木屋，是可以看得見富士山的木屋；是映著殘雪爐火的木屋；櫻花爛漫的木屋；是和服美人摘櫻花，穿木屐走過，踏出清脆聲響的木屋。

蘇曼殊住著，又走了；他說走就走，他在中國、日本之間來來往往；在看完一次又一次，一年又一年的櫻花和浙江潮以後，便在西子湖畔的一個土堆裡休息。

勞累的夏目漱石工作著，然後站起來，也走了；冰心最後回了國。

那些都屬於往昔，遲到的我，無法見到他們，只能在他們住過的木屋前，拍一張照，留個影，繼續看他們沒有看完的櫻花，讀他們沒

有寫完的手稿，聽他們沒有聽完的屐聲。

五

今年春天，歲月仍然帶來了他們經歷過的同樣的——深深的小巷淺淺的雨——疏疏的竹籬斜斜的屋。

一柄和式的花傘，正款款地，繞過木屋，在我的窗前，留下彎彎的、透明的曲線；撐傘的女子，抬頭，朝我微笑——

她們，是我的新鄰居。

南座看歌舞伎——日本觀劇之一

在日本，我們基本上不看演出。在日本，看劇是一種奢侈。一是捨不得花錢買票；二是沒有時間看。一場演出，二個小時；有二個小時睡覺多好。但是，在第一次去日本一年半時間裡，我還是看了兩場不花錢的演出和一場電影。

一

歌舞伎在日本家喻戶曉，人盡皆知。京都南座是日本歌舞伎的發源地。能在南座看一場歌舞伎，不僅是享受，而且是福分。

千載難逢的機會，龍谷大學留學生會長馮克瑞請我看歌舞伎，門票2萬日元一張，我們當然不會買，是日本友好人士送的；地點，著名的歌舞伎劇場——南座。

二

歌舞伎原是「傾斜」的意思，因爲表演的時候，演員會做一種奇怪的傾斜動作。後來，「歌」代表音樂；「舞」表示舞蹈；「伎」成了表演技巧的意思。這使起源十七世紀江戶初期的歌舞伎，四百多年來，就與能樂、狂言一起，成爲日本民族表演藝術的精粹。

演出開始了。

三

臺上的佈景是一個村莊，我們在臺下探頭望著。樹木和院牆都畫得極其精緻；舞臺上有很多機關，供演員蹦跳舞蹈；什麼時候開機關？我們不懂。

拌著日本鼓和「咿咿呀呀」的笛聲，每個出場的歌舞伎，臉上都塗滿厚厚白粉，只露出眼睛；他們穿著華麗的衣服。清一色都是男演員，男扮女裝；和我們紹興戲女扮男裝正好相反，中國紹興戲女扮男裝；日本歌舞伎男扮女裝，讓我覺得新鮮不已。

演的什麼內容？不知道——看不懂，也聽不懂。

我能看懂的，就是——換過幾次佈景。

演員一個進去，一個出來；一個出來，一個進去，不停地反覆地在唱。

不到5分鐘，我看見，克瑞已經歪著頭睡著了。不一會，我的瞌睡也來了。

我堅持睜著眼睛，與瞌睡鬥爭；在疲憊的泥淖裡跋涉、掙扎，但很快支援不住。

瞌睡來了的人，就像中了麻醉槍的大象，一倒就倒下去了。演出很精彩，我們睡著了。我們天天爲食忙碌，起來太早，睡得太遲；支持不住，不能怪我們。

四

演出什麼結束？劇情如何發展，結果如何？我們都不知道了。

直到散場，人都走光了，我們還睡在那裡。還是克瑞先醒，他捅捅我說：「人都走光了。」我們這才揉揉眼睛，起身朝場外跑去。

過了一個月，那位日本友好人士告訴我們，演出中間和最後結束的時候，歌舞伎演員還下來和觀眾一起互動，握手、拍照，劇院裡掌聲雷動。

掌聲雷動時，我們沒有醒；歌舞伎演員走過我們身邊，我們不知道。我們在最精彩的演出，最激烈的掌聲中安然入睡，呼吸均勻，一點都不受影響。

我對克瑞說，散場時，那位友好人士見我們睡著，不好意思打攪，就走了。但走的時候，他會怎麼想，我們的行爲，會不會影響到他對中國留學生的看法？因此心裡很後悔。

在此後很長的時間裡，想起這次看歌舞伎的事，我就生自已的氣。不說這麼好的藝術，這麼好的機會被我浪費了；更是，我是教師，要是我上課，我的學生在下面睡覺，我拍他們的桌子，他們還不醒，將心比心，我一定很生氣。

什麼時候，還有機會嗎？假如再有機會看演出，我們一定聚精會神地看，精彩處獻上我們的掌聲；演出結束，向那些歌舞伎演員深深地鞠上道歉的一躬。

中國慰問團赴日演出——日本觀劇之二

一

中國慰問團來日本，專場爲中國留學生演出啦！駐大阪總領館教育室的消息，使大家群情鼎沸，奔相走告。

像過節一般等待這一天。演出的地點，是京都市兒童文化會館。我興沖沖地出發，從光華寮，沿今出川一直朝西，過了鴨川走就到了。

二

到了的時候，文化會館周圍人山人海，到處都是紅男綠女。女的燙髮吹風，男的西裝革履，讓我驚訝不已。

平時省吃儉用的中國留學生，此時都打扮得精神抖擻，英俊亮麗；挺直腰板，平視對方，與平時看見低著頭打工的學生不一樣。

我看見，站著的、倚著的、坐著的、持票的、沒票的、等票的、閒談的、看熱鬧的——全是中國人，沒有日本人。不管是北京話、上海話、廣東話、福建話、四川話、河南話、安徽話、江西話——都是一種話；不管清楚不清楚；聽懂沒聽懂，方言不要緊——所有人的眼睛裡，都有熟悉的中國語彙。

三

演出6點開始，8點結束。

演員陣容，我不知道是否足夠強大？寫著的名字有：成方圓、鬱鈞劍、孫毅、韓延文、劉玉婉、郭達、蔡明、貝宇傑、王利民等人。

我一個也不認識，一個也不知道，一個也不想知道。

演出的內容，有男女聲獨唱、對唱、合唱、舞蹈、器樂演奏、小品、魔術等等。

他們的演出精彩不精彩？我不知道。也許精彩，也許不精彩。

或者說，我們不計較精彩不精彩，無所謂精彩不精彩。事實上，我們已經忘記了，他們誰演出了什麼，甚至忘了——誰是唱歌的，誰是跳舞的，誰是變魔術的；因爲不管唱的、

跳的、吹的、拉的、變魔術的，所有的演出以後，都毫無例外地——連著長時間熱烈的掌聲，長得他們謝不了幕，下不了臺。

四

我發覺，掌聲和節目演出的好壞沒有必然的聯繫，和精彩不精彩也沒有關係——我們都是下意識地鼓掌。

所有的聽眾，表情都是那麼嚴肅、認眞、神聖，每個人的眼睛裡，幾乎都同時含著淚水和喜悅的光芒；他們的雙手一直舉著，忘情地做著隨時鼓掌的姿勢。

多好的觀眾啊！多可愛的觀眾啊！多特別的觀眾啊！雖然我應該向演出的藝術家道歉——因爲，整場演出，我幾乎都是——背對著舞臺，背對著他們的。

我沒有，或很少朝臺上看，很少朝演員看，而是朝全場的觀眾看，因爲臺下的場面，比臺上的更熱烈、更投入、更激動人心。

其實，我們不是來看演出的，我們是來與祖國的親人團聚的。

我們流淚了——不是被他們的藝術所感動，而是被祖國的那份親情所感動，被自己所感動。

我們像受了委屈的孤兒，積壓多年的淚水、苦悶和孤獨，突然有了一次發洩、傾瀉的管道。

整個劇場滿了，整個大廳滿了，整個晚上沸騰了——這讓我感到驚奇。

我想，這裡聚集了多少中國留學生啊，他們不也是一個整體，不也很有力量麼？怎麼平時在京都看不見他們？

五

演出結束了，大雨喧嘩般的掌聲經久不息；

演出結束了，獻花的人群排起了長長的隊伍；

演出結束了，閃光燈如同電閃雷鳴；

演出結束了，散場的人是鴨川的水，先是「嘩嘩」地奔騰，然後平緩地流淌，漸遠漸細；那麼多的留學生，最後化爲隱沒的流螢，散入京都大街小巷看不見。

等回到京都大學斜對面的寮，我心裡眞想激動地大叫。但我沒有叫，也不能叫。因爲我想到，這裡是日本。

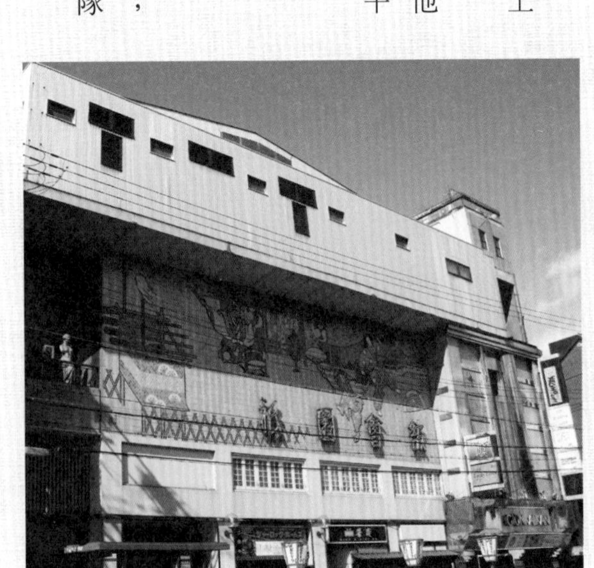

光華寮看《烈火金剛》——日本觀劇之三

一

這次是看電影，更是免費的。因爲電影就在我住的光華寮客廳裡放。

那是最簡陋的放映方式，像以前人民公社大隊部操場上放映的那一種。支兩根竹竿，拉一塊幕布，下面坐著觀眾，放映機一開，光束對準幕布。布上的人哭之笑之，引人入勝的故事開始，我們就回到了童年時代。

這種放映方式太有趣了；並且十二分地驚訝，電器產品如此發達的當今日本，還有這種掉渣的放映機？

這種放映機是從哪裡弄來的？是從中國進口的嗎？現在中國也不用了。

正幽默地想笑，一問電影的名字，馬上不笑了。「哎呀」《烈火金剛》——那是我最不要看的電影。

不要看的原因，不僅內容陳舊，而且我已經看過幾遍了。我相信，坐在幕布下的大多人都看過幾遍了。

放映的是關西留學生會的人，認識我；見我走過，連忙叫住我說：「哎，哎，曹旭，看電影。看電影。」

我說：「謝謝。我有急事。」說完便向寮外走，嘴角還浮現一絲笑容。

以前在國內，我們受了許多負能量的愛國主義教育；到了日本才知道，一點作用也沒有。我以前總對人強調，日本文化是從中國傳過去的，中國人是日本人的老師；一個京都大學學法律的中國留學生看ＮＨＫ電視，ＮＨＫ電視台的人上門收費用。那位法律系的中國留學生說：「你們日本用了中國上千年的漢字，你先把上千年漢字的資源費算給我們，我再給你。」

但是，日本文化是從中國傳過來的又怎樣？中國人是日本人老師又怎樣？抗日戰爭時，一個八路軍武工隊打死了許多日本鬼子，他自己不死，又能說明什麼問題呢？

晚清時期，在巴黎的中國外交大臣薛福成，站在一幅《普法交戰圖》前腳底生根，動彈不得。

不說油畫技法如何高明，把一場戰爭描繪得激烈眞實，驚心動魄。而是，薛福成說，開始我也弄不明白，爲什麼一向好勝的法國人把自己戰敗的悲慘狀況畫出來，令人喪氣？那是讓每一個站在油畫前的法國人激動不已，悲傷不已，不忘國恥、奮發圖強。

薛福成的文章是寫給積貧積弱的大清人看的，至少他懂得了愛國主義不要老是我們的人不死，敵人一死就是一大片那麼簡單。

我在日本天天剪報，最大的體會是，日本太會宣傳了；我發誓回國後，不當教授了，不教文學了，改行去做宣傳。

二

簡陋的大廳裡，正在放《烈火金剛》。

我出寮的時候，他們在放；我回寮的時候，放映還沒有結束。我一看，黑壓壓的一片，擠滿了附近的留學生，他們見我來了，拉住我看。

我不想看，還是打死許多日本鬼子，自己不死的鏡頭。

但奇怪的是，武工隊每打死一個日本鬼子，大家就拼命地拍手。我看了看，坐著的人，有的剛到京都，是一邊打工一邊讀語言的學生；有的是舉目無親，在鄙視中受了許多委屈的人；有的是老三屆，經過上山下鄉「土插隊」，現在又來「洋插隊」，都說「洋插隊」比「土插隊」更辛苦的人。

他們都感到壓抑，因此，像一群小豬拱在一起，爭先恐後地吸吮祖國母親溫暖的乳汁。

三

其實，對日本人的感情，留學生裡也是有區別的，有的特別恨；有的一般恨，有的不太恨，有的在某些方面還表示認同，這與來日本時間的長短和個人的經歷有關。

但是，今天我看到了，當遊擊隊每消滅一個日本鬼子的時候，不管他是誰，來日本時間的長短，個人的經歷，也不管影片精彩不精彩，眞實不眞實，所有的人都會爆發出把檯子掀翻了的雷鳴般的掌聲。

我被深深地感動，深深地震撼了。

因爲，我們都是生活在邊緣的人，在我們心裡，每個人都在默默地呼喚祖國的強盛；呼喚人民眞正當家作主；呼喚著，祖國啊，我愛你！

四

有人以爲這是標語口號？那就太不瞭解我們了。我無法向你解釋，也不想解釋。你知道不知道？有的領導忘情，有的宣傳機構不及情。

最深情的是我們——一群去國懷鄉、受人欺負，內心敏感並且已經受傷的卑微者。

破氈帽先生走了——寮友之一

一

破氈帽先生突然走了。

他要走的消息，沒有告訴我，沒有跟我道別。我假裝不知道，也沒有送他，甚至沒有送到樓梯口。

他一個人去京都車站，再去大阪，由大阪機場起飛，取道香港回國。

不知什麼原因，他總戴著那頂和他身份不相符的破氈帽，請原諒我忘記了他的名字，就叫他破氈帽吧！

好像L提過一句，破氈帽明天要走。我聽了，又高興，又悵惘若失。

二

破氈帽是我入寮後認識的第一個中國人，是東北某大學的一個副教授，我們都是訪問

學者。我學文學，他學農學，我承認，在吃飯問題上，他學的東西比我有用。

開始對他厭惡，是我剛來日本的二天，第一次給妻子打電話，我激動得失聲痛哭並說了許多癡話。也許是我不好，不注意場合。

我全然不知的是，此時的他，竟站在我的身後，帶笑地聽著，並大大方方地把我的私密話告訴同寮的人，讓人家笑話了我幾個月。

從那次開始，我就知道警惕。和他談話，必須小心翼翼，不能過多地暴露，中國人和中國人之間爲什麼要這樣？我弄不明白。

三

作爲寮友，實踐證明，和他談話是要學的。一上來就海闊天空，大多會頂牛到底。說不清什麼原因，是他平易中的傲慢？溫和中的激烈？有時莫明其妙；是觀念，專業，還有，識見的不同？我說出的話，他句句要反駁，並用年長證明比我高明。

他批評別人忙碌，標榜自己清閒，我都聽膩了。其實，忙碌意味著充實，清閒不符合日本國情。破氈帽之滑稽，經常令人想到魯迅筆下的精神勝利法。我也傲慢，有偏見，我們的傲慢與偏見，是貧窮的象徵。

既然談不到一起，我就發誓不再找他。但無事的日子，空閒的日子，不能說漢語的日子，如疾病的疼痛。我需要他和我說漢語；他正好不懂日語，是和我說漢語最好的對象，在這一點上我需要他。

四

我不知不覺的腳步，又來到他的門前。每次敲門的時候，不管外面的人是誰，他都會聲音洪亮十倍地說：「請進！」讓人覺得精神振奮。

但只要一談話，還是不歡而散。我們像一對脾性不合的夫妻，解除了婚約，也解除了我們認識一場的誤會。

五

寮二樓的走廊裡，永遠消失了他獨特的沙啞的嗓音和流浪漢的破氈帽。破氈帽走了以後，二樓走廊更寂靜了。

以前找他，他總在寮裡；拜訪他，有一種不會撲空的踏實；他不知被誰的香煙燒了一個洞的沙發椅子，是留給我的位子，簡樸而溫暖。

他走了以後，寂寞使我忍不住走到他的門前，我相信他是去東京玩，還會回來，沒有眞的離開。但看門上的銅鎖，始終保持著同樣的姿勢，沒人動過，銅鎖是他的替身。知道他眞的走了，而且一去不回。

六

退一步想，他是個爽快的人。把我和妻子的通話告訴寮裡的人固然不對，但站在我身後，是因爲他也想打電話；或者，我情不自禁的聲音失控，不能全怪他。

日本是個「高壓社會」。在日本，只見機器不見人。你經常會處在一個無法商量、不能通融的絕望的境地。打電話，卡完了，電話突然中斷；燒煤氣，蛋炒到一半，火突然熄滅；洗澡投幣，一百日元用完，水突然停了，任你滿身肥皀沫，機器不管你滿身肥皀沫。在日本，整天和機器打交道，有時候很煩心；在拳頭砸不壞的機器面前，人不知道朝誰發火？此時的人，不是變得更有韌性，就是變得懦怯和急躁；我也一樣。

懂得了日本，我就理解了他。

但我沒有一頂像他那樣的破氈帽，否則我也會戴起來。囊中羞澀過大阪，破帽遮顏住京都，是我們的生存方式。

不久，我也回國了，從此再也沒有破氈帽的消息。

上海紅衣女孩的囧事——寮友之二

一

時隔六年，我重訪京都。

回到以前京都住過的寮，像回到老外婆的家。雖然破舊，高樹藤蔓，攀緣窗戶，光線黯淡，但小木屋籠罩在一片雨綠中，令人感到自然、溫馨、親切，朝它走去的時候，心裡很激動，有一種怕誰認出我的膽怯。

二

管寮的老馮說：「二樓你住過的房間空著，如果喜歡，可以搬進去。」

我欣然入住，但覺得不對勁。

雖然四周景物依舊，寮還是寮，樹還是樹，庭院還是庭院，但與六年前的人丁興旺相比，境況已大不如前。

寮裡空蕩蕩的，整天看不到人，沒有人說話。買了兩百元燒煤氣的銅籌子，但很快發覺很少有人再這麼燒飯了；樓下的電話鈴整天不響，人人都有手機，沒有人在此打電話了。最是，整天一片死寂，原來的寮友已不知去向，心情突然很不好。

三

很聊賴的時候，突然，門前有了響動，門簾兒一挑，只見，一位女孩子，住在我對門；頎長的身材，清新的臉，空姐似的甜甜的眼睛，紅紅的衣服，露一露臉又縮回去了。

管寮的老馮說：「她也是你們上海人，你們是同鄉哩！」

也許是同鄉？甚至是佛洛德吧，她的清新，趕走了我的鬱悶，她成了我的新寮友。

新寮友，又都是上海人，我們都希望對方來敲門，進門坐坐，談談話；但又怕對方來敲門。她們左側廢棄的木架上，滿是舊報紙、各種書籍廣告和吃剩的空罐頭盒；門上是一幅富士山和櫻花的大照片，前面掛著門簾。右側放著碗櫥，櫥裡放著鍋碗瓢盆，但這些東西不是她的，是她前輩的前輩的。

大雁飛過，留下聲音；人住過，留下破爛。有的房錢沒有交，留下破爛做人質。後來的人，絕無時間清掃，於是越積越多，以致走廊時堵塞，行人側身過。端個面盆什麼的，不當心經常把剛洗過的衣服碰髒。

新寮友住在上海龍華，是來京都學醫的，我們認識很高興。但就在認識的第三天，我們的關係突然變得微妙起來。更熟悉，也更疏遠；更接近，也更緊張，我不知道該怎麼表達這種我從未經歷過的感情。

四

寮的廁所，只分樓面，不分男女，五層的寮，每層只有一間廁所，男女共用。

那天，我在上廁所，關門，但門上竟然沒有插銷，關不死；我只能關上就用。沒想到，我用到一半，我的上海小同鄉一推門，就進來了。

她進來後，竟然沒有發現我的存在。等我高聲「咳嗽」，她看見並立即紅著臉退出去。雖然整個瞬間只有三秒鐘，但這三秒鐘讓我很難受，很不自在。因爲他看清是我，我也看清了她的品牌——穿紅衣的上海女孩，我的對門新寮友。

女人常常比男人粗心，我算找到了一個證明。南方女孩子粗心，北方女孩子也許更粗心。

原諒地想，也許在我之前，二樓住的三人全是女生，她們習慣了，以爲廁所全是她們的，現在我突然住進二樓，三個女性中夾了一個男生，她們沒有反應過來，缺少思想準備，也是一個原因。

此後，我們見面很難爲情，但對這件事，都避而不談，好像沒看見，或者根本沒有發生過一樣。由此斷定，寮的廁所，其實是演繹過許多類似故事的，只是當事人不說，其他人永遠不知道。

我們的尷尬，你可以想像：

門對著門，隔著窄窄的走道，直線距離只有二公尺；有時她開門，我也開門，兩人要直直地打個照面的時候，她會朝我淺淺一笑，很敏捷地縮回頭，把門輕輕掩上，等上三、五分鐘，再從門縫朝外窺一窺，看我這邊沒有動靜了，再開門出來。彷彿我們都是齧齒類的動物，各自住在黑暗的洞穴裡，怕見對方，也怕暴露自己，只有黃昏或晚上溜出來活動一下。

與她做了三個多月的鄰居，只說了三句話。餘下的時間，都是空白磁帶，沒有一點錄音。唯有雙方在寂靜走廊上的腳步聲，是關著門的對方在寂寞中的安慰。由於她又讀書又打工，與我作息時間不一樣，我們急匆匆的腳步，經常踩在對方夢的邊緣。

有時，不知道她在家不在家，但我只要唱一首歌，以解鬱悶；我唱完停下來，如果聽見她也在房間裡輕輕唱另外一支歌或同一支歌，就知道，她也在寮裡沒有外出。

五

一天晚上，平靜的走廊裡突然腳步雜遝，只聽她開門關門的聲音，搬東西的聲音，與一個男人商量的聲音，不知道發生了什麼事。我又關心，又不好問，隔著門縫也沒看清。

睡得很晚，凌晨三點又醒了。小蠟燭燈開著，思緒翻騰在桔黃色的燈光下。不寐，起身，很有感觸地爲遠方的朋友寫了兩封信。已經六點了，整理舊稿。燒粥，小粥沸然有聲。

早晨起來，開門，見門上有一張小紙條，上面寫著：

「曹老師：我走了。現在已經是深夜，想和你告別怕打攪你。就這樣不辭而別吧。」

「我們都是上海人，但我很遺憾，也對不起你。不過，我很注意你在走廊裡的腳步聲，你在廚房裡留下的歌聲很優美，我喜歡聽；我們能在上海見面嗎？」

「我走了，你要住下去，一點生活用品，就留給你吧。」

門前放著一隻大紙袋。

翻開一看，她的小鏡子、用不完的洗衣粉，還有她吃剩的碗，用不完的醬油、味精、鹽，和炒菜、煎蛋的鐵鍋，統統送給我。

三個月的鄰居，新結的寮友就這樣解除了關係。

昨晚還在的，今晨已經音訊全無，蹤跡全無。問管寮的老馮，她搬到哪裡去了？

老馮說：「我問她，她沒有說。」

我們第一次見面時通報過姓名，她記住我叫「曹老師」；我記住她叫「卓佳」？不知道這兩個字怎麼寫的，爲了怕記錯，就記住了「作家」的同音，但從此沒有再叫的機會。

過了幾個月，我也回國了。

幾個月前，我提著拉杆箱來的時候，沒人看見我來了；現在走了，也沒有一個人看見我走了。我覺得有點虛無，有點感傷，何時與你再相見呢？

這座擁圍著樹木爬滿青藤、曾經人丁興旺的寮？小屋、紙窗、窗外黃熟的枇杷？還會再用嗎，燒煤氣10円一枚的銅籌碼？閒置在一角的公用電話？還有那旋即相識，旋即相忘的寮友？

六

我和紅衣女孩及寮的關係，是萍與水的關係；小客棧簷下風與風燈的關係；路邊小石頭和它身邊小草的關係。

那麼偶然，那麼卑微，無所謂地來了，無所謂地走了；無所謂地認識，無所謂地忘卻。我是打起鋪蓋卷的秋蓬，向京都——這片我立足過的土地告別。

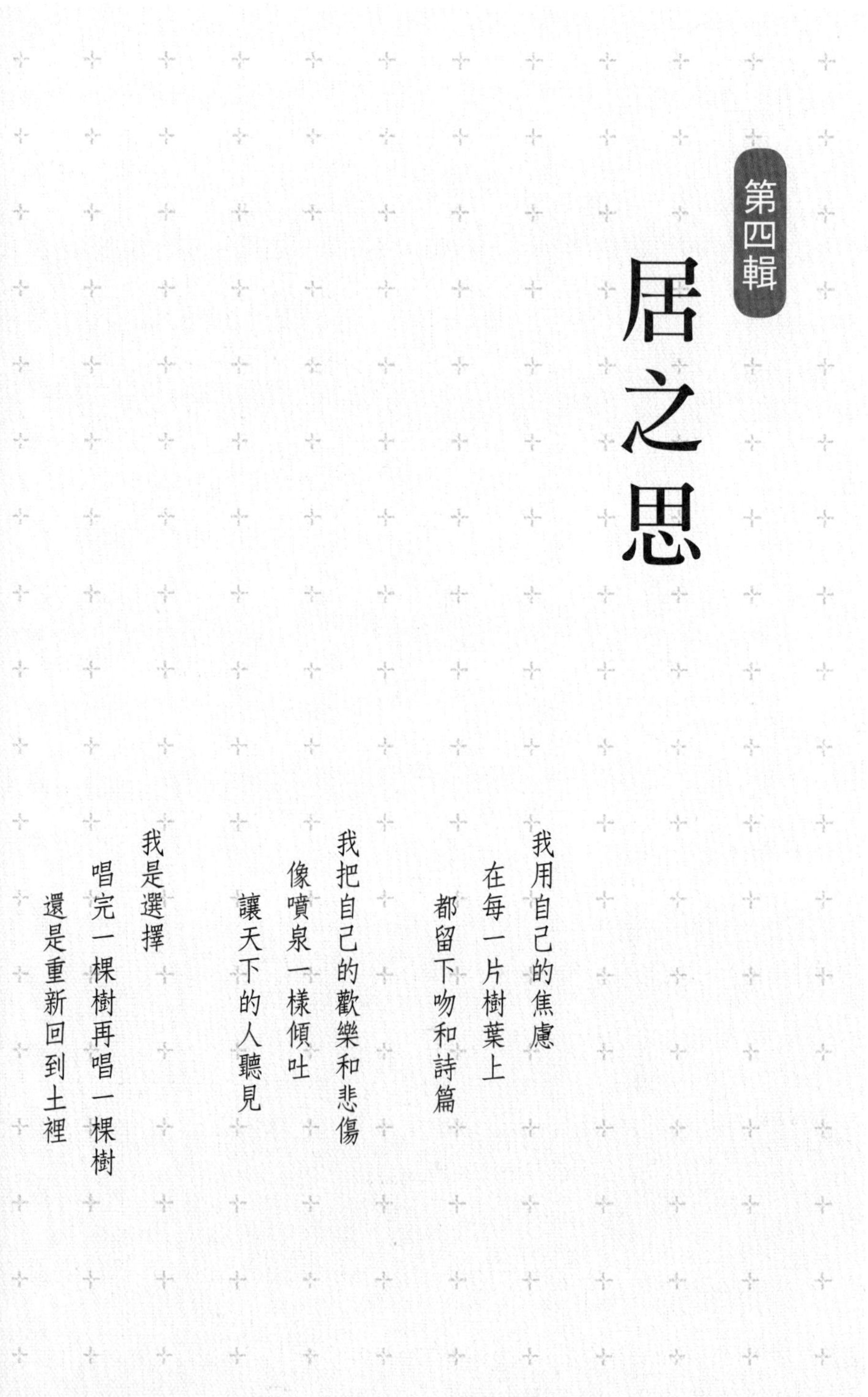

第四輯

居之思

我用自己的焦慮
　在每一片樹葉上
　　都留下吻和詩篇

我把自己的歡樂和悲傷
　像噴泉一樣傾吐
　　讓天下的人聽見

我是選擇
　唱完一棵樹再唱一棵樹
　　還是重新回到土裡

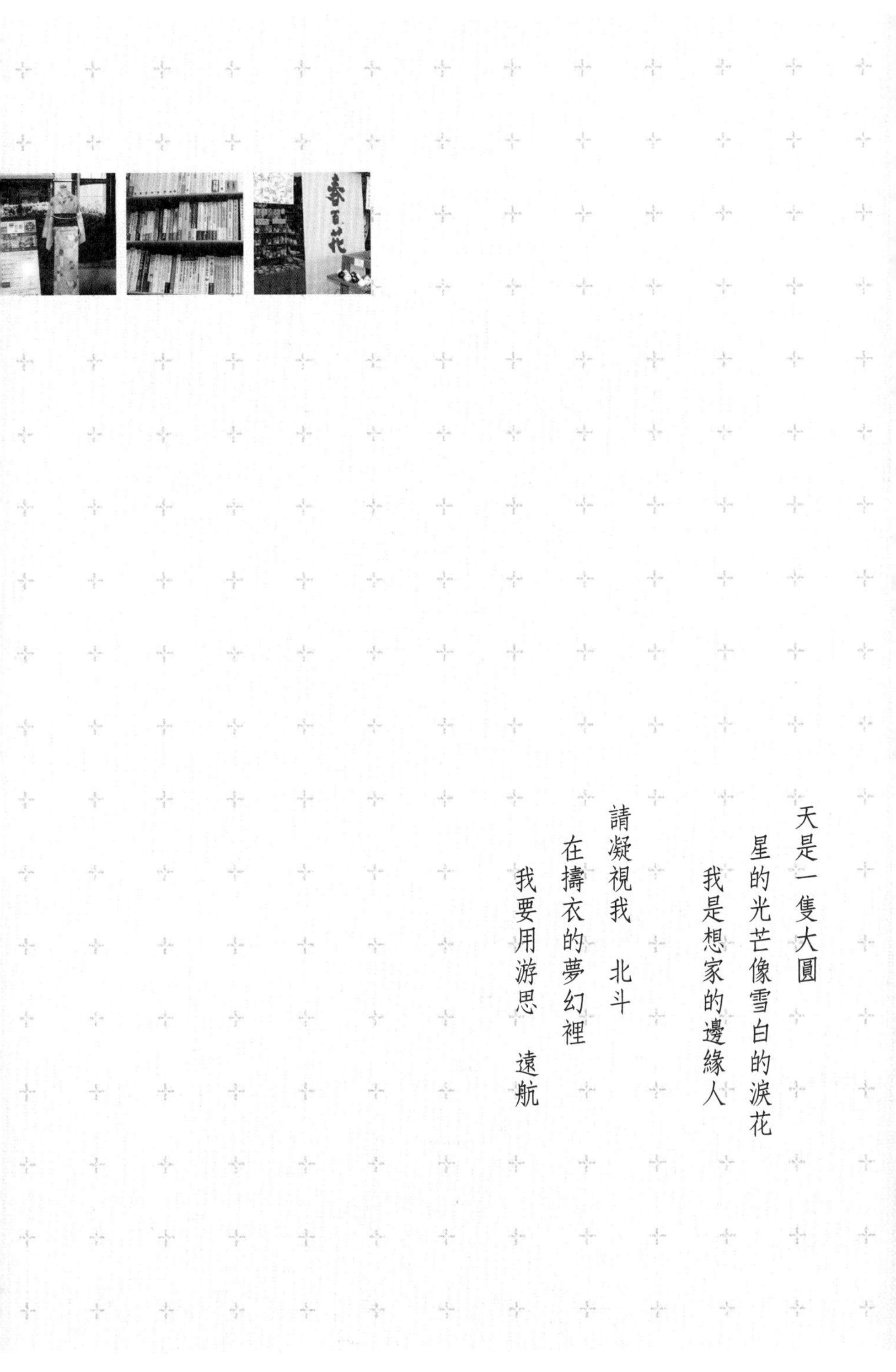

天是一隻大圓

星的光芒像雪白的淚花

我是想家的邊緣人

請凝視我　北斗

在擣衣的夢幻裡

我要用游思　遠航

在東京倒垃圾

一

剛來的第一天，包還沒有放下，還沒有垃圾，會館的管理員小姐就發給我一大疊「東京都推薦」的垃圾袋。

接著，花了半小時，給我講垃圾的分類，倒棄的方法，倒棄的時間，使我覺得厭煩。垃圾誰不會倒？她不知道，在中國，我是「倒垃圾專家」。平時在家裡讀書、寫文章，妻子照顧我，什麼事也不要我幹，只要傍晚倒一次垃圾，說坐了一天，出去走走，把倒垃圾與散步結合起來。因此倒中國垃圾，我在行。

二

但東京的垃圾，我不會倒。

首先，垃圾分「可燃垃圾」、「不可燃垃圾」、「大型垃圾」、「不可以倒垃圾」四類。

生鮮垃圾、紙屑垃圾、木屑垃圾是「可燃垃圾」；塑膠、金屬、玻璃、陶器、橡膠、皮革等是「不可燃垃圾」；傢俱、電器產品、邊長在30釐米以上的屬大型垃圾。

還有複雜的：紙盒、蛋殼、產品目錄、紙尿布等，「請除去污垢」再倒；

生理用品、煙蒂、食用油等，「請用紙片或布吸乾或以凝固劑將其凝固」再倒；

衣類（聚脂、尼龍等混紡化學纖維也可作爲可燃垃圾處理）、香波、潤滑劑、噴霧罐、塑膠容器等，「務必將罐內用空，鑽孔後倒出」再倒；

食用品保鮮膜、磁卡、磁帶、唱片、鈕扣式電池，「請交到銷售店予以回收」；

電視機、微波爐、空調機等，「必須預先經檢查許可」；

不能倒的垃圾有輪胎、有毒物品、有明顯臭味的物品、可能會妨礙垃圾處理的物品，請「送回原店鋪處理」。

倒的時間也有規定：「可燃垃圾」每星期三次；「不可燃垃圾」每星期一次；「大型垃圾」預約制，倒一次收一次手續費；倒垃圾要放在有蓋子的容器裡，如果用口袋，請用「東京都推薦」的垃圾袋。

她講了半小時，還是簡略的。但我必須承認，我這一輩子是學不會的了。

三

會館僅容三、四人上下的電梯，四壁貼滿了「如何正確倒垃圾」的「通告」，朝任何一個方向看，你都會覺得「通告」不是貼在牆上，而是貼在你的鼻尖上，莫名其妙引起你的反感。

我承認我是野蠻人，不會這樣倒垃圾。但過於瑣碎，缺少邏輯，又咄咄逼人地頤指使氣，把這種「小文明」強加於人是不是應該？

最令人不快的：樓裡的歐美人、韓國人、中國人各占三分天下，但「通告」怎麼只有中文、韓文的兩種？而且，中文的還多了一行粗粗的黑體字：

注意：收集垃圾的場所，不是扔垃圾的場所！！！

我覺得告誡中有一種侮辱。

爲什麼沒有英文的？是歐美人不用倒垃圾？還是他們有高傲的鼻子？此外，韓國人富有鬥爭精神，惹不起；這是貼「通告」的日本人優先考慮的。

但是，爲什麼不考慮中國人的承受力呢？我不愉快的心情又多了一份沉重。

這使我老是想起近代以來的中國，想起鴉片戰爭以後我們受到的欺侮，想到，我們這幢會館大樓，不就是一個近代世界，人還是分等級的麼？

四

不久就證明我有卑微者的敏感：收集垃圾的塑膠桶換了一個地方。

告訴大家「如何正確倒垃圾」的「通告」，又一次貼滿了大樓走廊和電梯四壁，這回有英文的、中文的、韓文的，可謂一視同仁。

上午才貼出，下午就撕了；我看見有個高個子的美國人在撕，撕了就扔在地上用腳踩，會館事務所的日本人明明斜眼看見了，但沒支聲；我這才明白，剛來會館沒看見英文的是因爲撕了，高傲的鼻子，要自己敢於向上翹。

我還注意到：最先撕去是英文的，接著是韓文的；韓文的先小心翼翼地撕去一隻角，然後撕去一小半，再撕下一大半，最後全撕了。

只剩下中文的「通告」貼在電梯裡，向每一個中國人的自尊心挑戰。

五

有幾次，一個人乘電梯的時候，我看四周沒有人，也想學美國佬的樣把它撕下來，思想鬥爭了好幾次，最後還是沒有撕。

我想，要說「貼」和「撕」，中國人是最會貼，最會撕的，誰也貼不過我們，撕不過我們；世界上沒有一個國家經歷過我們的十年動亂，十年中，我們做的一項重要工作，就是寫大字報、貼大字報、撕大字報。

我們都有神聖的權力，今天你寫我的，明天我寫你的；這派貼了那派撕，早晨貼了晚上撕。貼貼、撕撕，已經成了習慣，動作絕對熟練。

我之所以不撕電梯裡的「通告」，是因爲有的中國人太聰明：

他們不去撕，也不去看；看了，也不照著做；你貼你的，我做我的，天天看反而看不見，等你貼得發黃、發脆，

像枯葉子一樣自行脫落，熟視無睹比撕厲害一百倍。

六

也快，三個月過去，明天，我就要離開這個處處使我感到難堪和壓抑的國度了。什麼時候再來呢？不會來了，我堅決地想。

這使離開的我，突然對眼前的一切都留戀起來。帶個什麼紀念品回去呢？正好一個人乘電梯，四周沒有人，我就把電梯裡的「垃圾通告」撕下來，折好，打進背包。

【附記】

二十年後，中國也實行「垃圾分類法」，不過比日本簡化了很多。此文已成歷史紀念。

納豆

一

初到日本，覺得日本什麼都貴，在超市裡看見，印象最深刻的是，一根小青菜要兩百五日元？四根炒一碗要一千日元。相當二百元人民幣，我一個月的工資。

當時，買什麼都要和中國的人民幣算一下，覺得太貴，不買，不吃，餓——不是餓——是減肥。

在中國，想了很多方法都減不下來的體重，去日本不久就減了十公斤。

二

一次，一個在日本住了十多年的中國著名畫家朋友謝春林來看我，他是我認識的最優秀的中國人和上海人。

他善良的太太，見初到日本的我，餓得可憐；於是送我許多吃的東西，其中有一盒納豆。

納豆的包裝很精美，畫著豆子的圖案，一直捨不得吃，放在冰箱裡，忘了時間，似乎快有一個月。

一天中午，過了12點，匆匆忙忙回寮，打開冰箱，沒有菜，想起朋友的太太說：「納豆是下飯的。」於是，取出納豆，打開包裝，準備下飯。

我滿懷歡喜，寶貝似地打開。但包裝紙還沒有拆完，手的動作便越來越僵硬。怎麼黏黏的、稠稠的、黃黃的、黑乎乎的黏絲？還沒有吃，就覺得味道不對。

我用筷子夾了幾粒，就聞到一股腐爛的味道，不死心，心存疑惑地嘗一嘗，糟糕，壞了，趕緊吐出來。

日本是一個很講究食品衛生的國家，怎麼就壞了？

冷靜地判斷，朋友送來的時候，一定不壞的，現在壞了，是我保管不當。又想，他送來，我是及時放進冰箱的，怎麼就壞了？又不好意思問，就算沒有送，趕緊白吃飯。

三

一個星期後，到這位朋友家做客，朋友的太太問我：

「上次的納豆味道怎麼樣？」

我不好意思地解釋說：「我沒有放好，變質了，壞掉了，倒掉了。」

朋友的太太說：「怎麼變質了？壞掉了？」

我說：「打開，那味道很難聞，一股又黴又臭的味道。」

他太太說：「哎呀，就是那個味道呀，不是壞，那個味道是對的。」說完又笑。

朋友在一旁埋怨他太太說：「你也不早告訴他，我知道他是吃不來的。」

四

納豆是日本人日常下飯的菜，用豆子醃漬而成。秦漢時期中國人就開始吃，奈良、平安時代由禪僧傳入日本，所以納豆首先在日本的寺廟裡得到發展。日本大德寺、大福寺、悟眞寺的納豆都是的有名的特產。但在中國黴而不臭的納豆，不知爲什麼到日本就臭了。

據說，喜歡吃的人，不僅口感特別；而且，多聞聞，就會香起來。譬如，日本人說，你們中國不是有臭豆腐嗎？納豆和臭豆腐，其實是一對兄弟，聞起來臭，吃起來香，道理差不多；我現在有點相信這句話。

但我當時一聞，像蝦米臭，老腳臭；吃起來，是抹檯子抹布的味道，抹布的味道，夠噁心的。

日本人吃東西喜歡「眞味」，抹布的味道，也是眞味？很可惜，我剛吃一點，就吐出來了，與抹布的眞味失之交臂。

五

以前在日本飯店裡吃生魚片，蘸芥末。我弄了一大塊綠泥似的芥末放在嘴裡，結果涕淚交流，趕忙喝湯，辣到喉嚨，舌縮不能言。都說日本料理淡而有味，這是「淡而有味」嗎？不是，是陷阱。但是，懂得了適量，調和了醬油，眞的覺得好吃了。也許納豆也一樣？

日本料理很豐富，譬如，醬湯、油炸蝦條

等幾十種，我能用日語說出它們的名字；還有日本人非常喜歡的「壽司」，外面用海苔，裡面用生魚和米飯夾裹起來，再用刀整整齊齊地切開，一盤一盤地擺成花樣。日本朋友每每送我，回到家裡，妻子就將它們拆開，飯歸飯，魚歸魚，海苔歸海苔，再燒了吃，日本朋友見了，簡直口呆目瞪，覺得很失望，怎麼能這樣？這是糟蹋了日本料理。

但我們沒有辦法，那是習慣，是文化的差異，也是閉塞。

沒有什麼對不對。像我們這樣年齡的人，是沒有見過世面？是保守？是被人閉塞，被人蒙蔽？還是不如現在的年輕人適應性強？也許有一點，也許都不是。

六

我還是記住了納豆。

因爲朋友說，有些人永遠不喜歡吃納豆。但也有許多人，從不喜歡吃，到吃一點點，到喜歡吃，就像剛到日本，一開始不喜歡這個國家的一切；但時間長了，慢慢適應它的味道，最後也會喜歡一樣。

有人把能不能吃納豆，看成是能不能適應日本社會，融入日本社會的標誌。

我始終有抵觸，不能融入，所以第二年秋天，就攜妻回國了。

日本米

一、米是日本的新象徵

日本的象徵是什麼？

是富士山？櫻花？紅葉？菊花？劍？大相撲？武士道？還是一隻咬齧中國桑葉的日本蠶？

我覺得都是；都不是。

櫻花燦如雲霞，美則美矣；但歌雪般地爛漫，開也匆匆，謝也匆匆，不是日本的象徵。在日本古老的《萬葉集》裡，歌頌最多的不是櫻花而是中國的梅花；

富士山聳出雲表，高則高矣，但湧出東海的蓮峰，代表的是近代日本的覺悟；菊花和劍，更是美國作家的品評，不是日本的本意。此外紅葉，神社，大相撲，武士道，它們都缺少了既能養育一個民族，又能黏合一個民族的東西。

追尋中日關係，鑑眞和尚的船隊已悄然離去，消逝在煙波浩茫的大洋之間不可復尋；朱舜水抱著亡國的痛恨，自我放逐；在日本開設講堂，傳授儒道。這些因時代隔得太遠，我無法進入他們逝去的風煙。

我幾次去日本，懷著兩邊觀望，中日參酌，前顧後瞻，小心翼翼的心情，貪婪地看風景，貪婪地閱讀日本一切新鮮的東西。

正巧，前不久發生「米」的風波，我參與其中，見證歷史。清晰地認識到，日本的精神象徵，不是富士山、櫻花、紅葉、武士道、菊花和劍，而是——以食爲天的日本——米。

二、日本是唐詩宋詞意境的博物館

光緒三年（西元一八七七年）十一月二十六日，清政府按當時的國際慣例，在日本設立常駐使館，派何如璋爲大清國第一任駐日大使；詩人黃遵憲爲使館參贊，出使日本。到日本後，下榻在東京一所由僧院改成的清國使館裡。

我之所以要提到詩人黃遵憲，因爲黃遵憲是第一個潛心研究日本，用詩歌和歷史記錄日本，第一次提到「日本米」的人。

他到日本的第一印象，是充滿了驚喜。覺得唐詩宋詞的意境，已不在今天中國的長安和洛陽，而在日本的京都。

日本是中國唐詩宋詞的博物館。在沙塵暴不能到達的地方，抵制了西方洋式建築的侵蝕，保留了中國唐宋建築的風格。可謂一壑山林二處寺，三分流水四季花；小酒店前，杏黃色的酒旗迎風招展；清水道栽湘妃竹，八重關臨秋葉原；臨街的紅燈籠，一長串地掛成中國六朝和唐詩宋詞的風韻。

家家喜愛清潔，戶戶善於養花。在日本人家中作客，和日本友人筆談，往往也是半日不聞人聲。

客來，呼童煮茶，亦拍手而已；每上盤餐，必由女主人跪著呈獻，殷勤可感；男女之間，多以親昵的「哥哥」、「妹妹」相稱，充滿了江南民歌中已經失去的舊傳統。

三、日本明治維新與大清變法

我冷眼看高峻的富士山，不會像黃遵憲那樣以湧出東海的波濤，像一朵盛開的白蓮花那樣讚美它。

當時在黃遵憲周圍，有許多日本詩人和中國文化的崇拜者，他們用筆談交流，黃遵憲的詩稿，還被日本友人建塚埋在自家院子裡珍藏。

我關注的是，在和諧友好的氣氛中，連黃遵憲也看到的日本社會潛伏著「不和諧」的一面。

日本正進行明治維新，經濟急速發展，工業蒸蒸日上，國內出現了令人眼花繚亂的新事物。最令人擔心的是，日本爲增強國力，正擴充軍隊，建立軍事學堂，用新規則，新方法，訓練新式陸軍。黃遵憲作爲中國大使館的隨員，應邀參加日本軍校開學典禮。

站在觀禮臺上的黃遵憲，左顧右盼，當他看到日本軍校新兵整齊的方陣，邁著堅定的步伐，喊著響亮的口號，閃亮的刺刀，如叢林般朝他走來的時候，雖然是大國使者，他的臉上仍然出現不自然的表情。

軍校訓練新兵，使黃遵憲看出了危機。世界弱肉強食，日本磨礪牙齒，培植羽翼，並對鄰居虎視眈眈，他越看越緊張，馬上回來寫報告。

他向清政府報告說，中國不受欺負，只有變法圖強一途。除了訓練新兵，和日本一樣以外，還有很多事情要做，這就需要變法。變法的核心，在於開民智，民智是國家的根本。

四、日本米領先中國非一日

黃遵憲在詩中，一再提到日本的稻米。

他說，日本瀕海多雨，土地宜於植稻。因山為田，梯級雲上。從中國傳到日本的稻米，經過他們的培育，已經超過了中國。九州產的稻米，已出口到我國廣東。

他建議說，農業是立國之本，當此之時，中國的農業，應該反過來向日本學習，特別是向日本學習培育水稻的品種和技術。

望著日本高高的梯田，梯田上稻穀紫穗連雲的景象，黃遵憲想到國內連年乾旱的晉豫地區，心裡很急。為了改變祖國貧窮落後的面貌，他要學黃道婆帶回紡織技術那樣，將日本的稻種帶回國，然後在自己的家鄉推廣、種植，使國人受益。

日本古稱「瑞穗國」，由此知道米是日本的圖騰和象徵。除了刀劍、漆器和櫻花，日本米比中國米優秀，領先中國非一日，中國不能感覺太好，以為自己樣樣都領先。

五、清國留學生在日本可以「包二奶」

我到日本，比黃遵憲晚了整整一百十六年。

一百十六年，將近兩個甲子；兩個甲子的時間，人世滄海桑田，中、日兩國都經歷了巨大的變化。

旗幟不同，名稱不同，歌曲不同，社會性質不同；中國現在已成爲社會進步，經濟繁榮，人民當家作主的社會主義國家，與積貧積弱的舊中國不可同日而語。

但是，我仍然遺憾地發現，地球的轉動是同步的。你進步，人家也進步；你發展，人家也發展。你進行文化大革命，人家在搞建設。因此，這一百十六年下來，仍然是日本先進，中國落後。

日本是「發達國家」，中國是「發展中國家」；日本已超越地理界別，進入「西方先進七國」，中國仍然是「第三世界」，是「社會主義初級階段」；中國搞「四化」建設，仍然需要向日本大筆大筆地借錢。

我和黃遵憲，懷抱同樣的心情——同樣的自大和自卑，同樣的愛國和憂患，同樣的傷痛和憤慨。比起黃遵憲來，我還有更多受日本人欺負的感覺。不因爲黃遵憲是使館參贊，政府官員；我是一介書生、大學教授。而是，相比之下，清朝在當時日本人的心目中，地位還是很高的。

那時的大清國，是日本的「上國」，日本人稱之爲「天朝」。日本雖然贏了甲午戰爭，但他們覺得那是僥倖的勝利。在心理上，日本人仍然處於劣勢，對戰敗後的大清留學生非常客氣，因爲中國留學生比日本人有錢。

當時，上海、廣東、江蘇、浙江、湖南、湖北許多地主縉紳之士把秋收來的租米賣掉，換成銀元，讓他們的子弟去日本留學。那時的東京還很鄉下，銀座的大街上到處是馬糞。

中國留學生進入東京大學高等預科班，或進入早稻田大學、明治大學。這些留學生不僅不像現在的留學生要打工，靠打工維持生計交學費；他們從中國帶去的銀子，除了生活費和學費，還不花幾個錢就可以雇一個日本的下女，這些類似丫鬟的年輕女傭，除了幫你做家務，還幫你解決性問題，類似今天中國有錢人的「包二奶」。

很多留學生雇一輛黃包車，坐車上學。爲迎接中國富家子弟的到來，日本人家紛紛掛出用漢字書寫的「急租」、「尋租」、「尋中國留學生租房」這樣的

紙條，使得東京大學、早稻田大學周圍和東京御茶水一帶房價高騰。

六、現在日本房東不肯把房子租給中國留學生

說現在中國留學生的地位遠遠不如大清國，租房就是一個最有說服力的例子。

我到日本租房，日本房東和仲介一聽是中國留學生，紛紛皺眉頭，有房子也不肯租出去。

我覺得奇怪，爲什麼有生意不做？

老留學生說：「人家嫌我們窮呀！又窮，還喜歡討價還價。」

還有人說：「我們的習慣，燒菜是要起油鍋的，他們嫌油煙熏黑了板壁。」

「還有的嫌中國留學生說話聲音太響，大聲喧嘩，影響隔壁人家睡覺。日本人家的板壁都是很薄的。」

我聽了無言以對，經濟收入不對稱，缺點就多了。當年那些清朝的留學生未嘗不起油鍋，未嘗不大聲喧嘩，未嘗不影響隔壁人家睡覺，但有錢就沒有意見。

我眞想動員我們的「富二代」和「官二代」多去日本留學，讓他們恢復恢復大清留學生的神氣。

我是高訪學者，教漢詩，在日本有很多學生，也受日本學生的愛戴。但是，那是漢詩最後的遺響，來學的大多是日本退休的老人。

我想學習黃遵憲，從日本引進一些有用的東西帶回祖國，讓人民受益。這種精神，有時想想眞偉大，有時想想眞可憐。

七、中國和日本都是食米族

中國和日本都是食米族；比起看山，觀菊，賞櫻，舞劍來，吃飯更重要；中國、日本都一樣。但是，日本米黏性大，象徵著團結。

有一點常識的人都知道，長期統治日本的自民黨，其實是「農民黨」和「大米黨」，毫不誇張的說，自民黨是建築在米上面的，他們相當多的選票來自種稻米的農民。米不僅與國民生計有關，與日本政治有關，而且與他們的團隊精神有關。日本米，有雪一樣的潔白，玉一樣的溫潤；燒出來的飯，香而誘人。打開電飯煲，上面的米飯一粒粒晶瑩透亮，精神飽滿，像一隊隊排列得整整齊齊的日本士兵。

八、圍繞日本米的鬥爭可歌可泣

初來日本第一年，我就目睹了以米爲核心，圍繞「日本米」發生可歌可泣的故事。從平成五年，一九九三年六月開始，日本列島長夏冷雨，幾乎沒有最高溫度。報紙上，天天是季節風副熱帶高壓東移的消息。

我住京都，寮的小窗，面對東山群巒；開窗、閉窗，整天是翡翠般的冷雨，山中陰霾，連日不開。

夏天涼爽，氣溫不高，對東京、京都的居民來說，有蟲咬不破的睡眠，但對灌漿的稻米來說，是絕頂的災難。農民愁眉苦臉，小學生都知道擔心。

有一次，我和住在光華寮邊上兩個熟悉的日本小學生談天氣。

我說：「這樣的天氣很舒服吧？晚上睡覺不用開空調了？」

她們說：「是的。但老師說，今年收成不好。」

因爲和她們很熟，我就半開玩笑地說：「是啊，如果日本每年都是這種天氣，幾年以後，我從中國背一袋米，就能換日本一台大彩電吧。」

她們一聽，臉馬上都拉下來，不高興地說：「叔叔，我們受災，您好像挺高興似的。」

小小年紀，說得我無地自容，一臉慚愧。我深深感到：一個國家的國民的素質，你看看小學生好了。

尷尬的笑容中，抬頭看見，賓館大樓頂端的太陽旗被風吹得搖搖晃晃，與天空中的太陽同樣失去了光輝和熱度。

九、米歉收自民黨就垮臺

米，是一場戰爭：是全體日本國民與冷雨的戰爭，與寒流的戰爭，與晦氣的戰爭。日本有史以來的災年，糧食減產；自民黨像一顆病牙，其根基開始動搖。

歷史和文化是兩隻環。既是連續的，又是滾動的。一九七七年，哈佛大學出版了賴世和寫的《剖析日本人》，成爲解析日本，閱讀日本的經典之作。

賴世和出生在日本，在日本長大；一九六一年至一九六六年期間，任美國駐日本大使；後來到哈佛大學當教授，一生都在研究日本的歷史與文化。出版過《美國與日本》、《日本——一個國家的故事》、《邁向第二十一世紀》等著。

《剖析日本人》非常精彩，非常深刻。書中剖析日本的歷史與現狀，戰爭與和平，發展與走向，可謂入木三分，令人敬佩。

但是，賴世和也犯下了一個錯誤。

這個錯誤就是，他認爲日本的自民黨永遠不會垮臺。他說，日本沒有任何一個黨派，或其他在野黨聯合起來能動搖自民黨的地位，結果，事實證明他的預計錯了，在這本書一版再版之後。

自民黨被趕下臺了。

什麼原因？

——諸多原因中，「米」是決定性的因素。米存在，自民黨就存在；米崩潰，自民黨就崩潰。自然災害，可以使一個政黨下臺；黨的命運，竟然由天氣決定？

我明白了，即使科學技術發達如日本，人民仍然以食爲天。長夏冷雨，稻米減產，影響國民生活，就會影響政黨政治。

在這種情況下，迫不得已的政府決定開放大米市場。這使長期緊鎖在糧食貿易上的政策，在日本國民挨餓前有了鬆動。

於是，中國、美國、泰國、澳大利亞和新西蘭五國的大米，憋足了勁，作瀑布狀，傾瀉到日本。在日本人的思想和社會生活中引起連鎖反應，產生一波一波的混亂與震盪。

十、在日本剪報帶回去研究日本

「米」的消息，天天都是頭條新聞。

大報如《讀賣新聞》、《朝日新聞》，地方報如《京都新聞》，我天天看。

想起，黃遵憲在日本採集舊聞新說，回國後，歷時八、九年，寫成《日本國志》，這是一本非常及時的研究日本的著作，以致黃遵憲的朋友，在總理衙門任職的袁昶看了以後說：「此書早布，省歲幣二萬萬。」

「二萬萬」是甲午海戰，中國戰敗後的巨額賠款，袁昶的意思說，如果清政府早點讀到此書，對日本提高警惕，早存戒心，同時變法圖強，船堅炮利，甲午海戰不至失敗，這二萬萬兩白銀，就不必賠了。這讓我深受啓發。

它養成了我天天在日本看報、剪報，收集日本新政舊聞的習慣。我不是記者，不是學農業的。對於經濟，對於米，我是外行；在家裡，我從來不買米，不燒飯，不管經濟；家裡有幾把鑰匙我也不清楚，一切都是太太管，她說了算。但到了日本，我開始有了油鹽柴米的意識。

凡是有用的資料，我都看，都剪，並把這些資料帶回來，以後對研究日本有好處。

十一、米的戰爭第一部：日本碼頭工人不肯搬運

外國米來了，米的揭幕戰打響了。

先是，愛國的日本碼頭工人不肯搬運。報上第一版，拳頭般大小的通欄大標題，黑而嚴正的鉛字，碼頭工人眾志成城的決心：

「我們不要外國米！我們不卸外國米！！我們不吃外國米！！！」

三個驚嘆號，一句比一句強烈。

當各國裝載大米的船駛抵日本港口，集裝箱船上的大米運不下來。工人不搬運，說：我們的大米已經夠吃了，爲什麼還要進口外國大米？外國的米不好吃，政府爲什麼強迫我們吃？還有，我們的農業究竟有沒有保障？

政府多方面做工作，好言相勸，甚至出動自衛隊幫著搬。過了一個星期，米的集裝箱總算從船上搬下來了。

十二、米的戰爭第二部：米店老闆聯合不賣外國米

但是，報紙上又是通欄大標題，米店老闆們聯合起來了：

「我們不要外國米！我們不賣外國米！！我們不吃外國米！！！」

米店老闆拒絕進貨，他們只賣日本米，不賣外國米；他們說，外國米不好吃，如果賣外國米受日本國民抵制，就會虧本，他們不幹。

由「米」釋放出來的核能，讓我又一次醒悟：什麼才是日本的象徵？是——日本米。那種糯米般抱成團的黏性，那種以米爲社會生活頭等大事的意識；那種除了自己，其他國家什麼東西都不好的盲目和自大。沒有什麼比經過這場「米」的風波，更能體現日本的國民性和象徵日本的了。

海斯、穆恩、韋蘭著《世界史‧日本的革命》說：「日本人覺得他們沒有什麼要學的東西。日本戰士在揮舞他們的長彎劍時，不是比任何外國蠻子都更勇敢嗎？不是比任何外國蠻子舞得都更巧妙嗎？日本的畫家和陶器製作者，他們的藝術不是舉世無雙的嗎？」日

本文化「不是比其他一切國家都遠爲優越嗎？」

儘管美國帶頭使日本從這種自滿中醒悟過來，但是，一個民族幾千年凝聚起來根深蒂固的東西是難以改變的。

十三、米的戰爭第三部：愛國者在行動

我是中國人，我是愛國者，爲了鼓勵日本米店老闆進口中國米，我決心在這場「米」的風暴中，做一點力所能及的事。

從光華寮出發，到京都大學再到四條中心區，要路過好幾家米店。在愛國熱情的驅使下，我有計劃地路過每一家米店，都推門進去，用日語問：

「有沒有從中國來的米？我們要買中國米。」

我一家一家地問，一遍一遍地問。從四條回來，經過米店，我仍然推門進去，用日語問：「有沒有從中國來的米？我們要買中國米。」

去時剛問過，回來再問。我要問得米店老闆滿腦子都是「中國米，中國米；我們要買中國米。」問得所有米店的老闆和老闆娘都記住我的臉。讓所有的米店老闆都留下一個強烈的印象，中國大米最有「人氣」，有許多人問，許多人買。

我問的時候，他們每每說：

「還沒有。」

「還有一個月哩！」

「還有一個星期哩！」

「還有三天哩！」

我不知道，我這種愛國宣傳是不是起作用？起多大的作用？也許是杯水車薪？杯水車薪也好，宣傳總比不宣傳好。假如所有的中國人都像我，都這麼去宣傳，一定會收到意想不到的效果。但是，誰像我這麼傻子似的瘋子似的呢？

過了一個星期，日本政府勸誘米店，媒體也好言相勸，應該賣外國米。不知是誘導起了作用，政府的政策起了作用？還是自身的經濟利益起了作用？也許兼而有之吧！日本國民大多是順民、良民，很服管，聽政府的話。

米店老闆抱著試一試的想法，外國的大米終於上了架，和日本國民，也和中國留學生見面了。

十四、米的戰爭第四部：中國留學生只買中國米

我馬上找到「關西地區中國留學生會」的會長、副會長，對他們說：

「你們應該召集日本關西的中國留學生開一個會，現在，五國的大米都來了，加上日本米，一共六國米，你們應該動員中國留學生，只買中國米，不買其它米，這是考驗我們愛國的好機會。」

會長們說：「啊，啊，那是不用開會的，中國留學生嘛，你不叫他們買中國米，他們也會買中國米。」

我很高興，問：「爲什麼？」

會長們說：「因爲中國米最便宜呀。」

眞是，買一斤日本新瀉米的價錢，可以買十斤美國米；買一斤美國米的價錢，可以買十斤中國米。中國米的價錢墊底，與泰國的香米彼此彼此，我的自尊心受不了。

中國是米的故鄉，這是怎麼回事呢？

十五、米的戰爭第五部：日本家庭主婦不買中國米

外國米上貨架了，日本家庭主婦就是不買。

她不買，你不能強迫她買。

報紙上又是通欄大標題，家庭主婦們高呼：

「外國米味道的沒有！我們不吃外國米！！」

簡直像打仗一樣，愛國的碼頭工人、米店老闆、家庭主婦一方都聯合起來，雖然節節敗退，但後退防守，步步爲營。

日本政府請專家來，研究外國米的形狀、大小、顆粒、味道和吃法，然後在報紙上發表談話說：「如果想辦法，用高壓鍋燒，外國米還是好吃的。」

日本國民又喊：

「高壓鍋是個大炸彈！我們不用高壓鍋！！」

好像他們挺膽小怕事似的。

我相信他們是眞誠的，我眞心相信他們。生活中大多數的日本人都愼小謹微。但我同樣想像不出，日本當年的侵略戰爭是怎樣發動起來的？這樣膽小謹愼的民族怎麼能侵略那麼大一個中國？爲什麼一個跛腳的日本兵舉一面小膏藥旗，就可以趕一個縣的中國老百姓逃跑呢？

十六、沿江撒米的日本富人遭到譴責

三個月的剪報，天天有「米」的新聞。

很多日本國民仇視外國大米，好像外國大米不是來緩解日本糧食危機，而是來侵略日本的；五國大米登陸日本，就像「五國聯軍」強佔了日本列島一樣令日本人無限傷心。

爲了表示抗議，一個有錢的日本人，花了一大筆錢，買了許多噸的外國大米，灑在大阪住之江公園附近的江裡。

朝江裡灑米，引來許多日本正義人士的譴責。

《讀賣新聞》撰文說：泰國爲了完成對日本的大米出口，他們國內的米都配給，有些人還吃不飽，省下來運到日本。我們不能因爲有錢，就暴殄天物，做這種缺德的事，應該受到上帝和全社會的譴責。

十七、日本米PK五國米

一連好幾天，報紙上連篇累牘，刊登米的照片。

日本米、中國米、美國米、澳大利亞米、新西蘭米和泰國米，每天選一粒米。把一粒米放大到一個國家元首才能享有的篇幅，刊登在國家元首才能朝我們瞪眼睛的左上角的位置上。

這使各國的米，都纖毫畢現地在世人面前顯露出自己的眞相；米的邊上有一杆尺規，量它的長度、寬度，比它們的亮度，人氣度。

一個又一個專家發表談話，一個又一個家庭主婦談自己的體會。說哪一種米好吃，哪一種有營養。證明的結果是，日本米最好，最優秀，其他國家的米都不行。

對這些結論，日本國民很相信，同口一詞。

只有我深表懷疑。

我不明白，專家的結論是怎麼得出的？依我看，他們不過以日本米爲標準，對五國大米吹毛求疵罷了。

日本是世界上最會做宣傳的國家。他們經常借這樣的機會，宣傳他們比其他國家人優秀，東西優秀。我們不宣傳或不會宣傳，就被他壓下去了。

日本米是主場，五國大米活該倒楣，不說它了。

十八、對中國米的歧視，是對中國人的歧視

「中國米來啦！」留學生奔相走告。在我們的期待裡，中國米終於上市了。

這次出口到日本的中國米有兩種，一是東北米，二是上海周邊的米。

正巧報紙上有一幅日本米來源的照片，大而醒目的紅箭頭，讓我看到日本米的兩個祖先：

一是雲南米；

二是上海周邊松江、嘉定、常熟米。

上海周邊，三國時是東吳的領土；和日本交流密切。不僅米，和服也是從東吳傳到日本的。日本稱「吳服」，就是「和服」，「和」、「吳」一字之轉；上海周邊的米傳到日本，成了今天日本米的祖先。

但是，偶然有日本的家庭主婦買中國米，她們只買東北米，不買上海周邊的米。我問她爲什麼？她睜圓了眼睛反問我，好像說，你怎麼連這個也不懂？看我愣住了的表情，她說：「中國東北米是日本傳過去的種子呀！」

後來知道，東北米是僞滿時期日本的種子，她們沒有忘記。所以，在日本米店，東北米還略有銷路。買中國米，就買東北米，不買上海周邊的米。但上海周邊米是日本米祖先的事，她們是都忘記了，還是不知道？

中國老祖宗的米呀，會比日本孫子的米差麼？

中國當時再落後，畢竟還是農業大國嘛。我一向以爲，中國的大米，世界第一；即使把中國最差的米運到日本，也可以滿足日本國民的腸胃了。但事實上不是這麼回事，不僅如此，他們還歧視中國米。

對中國米的歧視，本質上是對中國人的歧視。

十九、中國米怎麼了

我去日本米店，興沖沖地買回中國米。燒飯一對比，怎麼眞的不如日本米？我有些疑惑。

日本米，任我怎麼虐待它，多放水，或者少放水，燒好了，揭開鍋一看，上面仍然一粒粒晶瑩透亮，整整齊齊，還像一隊隊排列整齊的日本士兵。

我故意把上面的飯舀掉，盛鍋底的，盛爛的；盛到碗裡，一會兒，它們又整整齊齊地排列，晶瑩閃亮，色香味俱全。

而中國米則糯度不夠，黏度不夠，色澤不夠，香味也不夠。有的日本家庭主婦買了中國米，燒好飯對我說：「中國的米，味道的沒有。」

我無話可說。

趕緊翻報紙，看看這些中國米，是不是假冒的？還是中國把最差的米出口到日本來了？

記得以前爲了備戰備荒，我們吃的都是「配給米」，那些米，在倉庫裡至少放了三、五年，拿出來都發黃發黴了。這樣的米運到日本，當然不好。

但令我失望的是，報紙上寫著，這次出口到日本的，都是國內最好的米，如上所說，是東北黑龍江大米和上海周邊米。這使我怎麼也想不通。

二十、妻子探親帶來上海松江新大米

正巧，妻子來探親，我寫信給她說：

「這次來，你什麼也別帶，就帶20斤松江新大米，要當年收割的新米。」

我想對比一下，日本商店裡出售的，是不是純眞的東北米或上海周邊新大米，說什麼我也不服氣。

盼望中，妻子來了，純眞的松江新米來了。用電飯煲一燒，味道和日本賣出的一樣，眞的不怎麼好吃。怎麼回事？

難怪明太祖朱元璋沒有當皇帝，討飯的時候，老婆婆給他燒了一碗薺菜豆腐羹，餓急的他，狼吞虎嚥，好吃之極；覺得薺菜豆腐羹是世界上最美的佳餚，一輩子都忘不了。後來當了皇帝，每天山珍海味，燕窩魚翅吃膩了，想起以前吃的薺菜豆腐羹，請了許多名廚掌勺都做不好，還是請那位老婆婆來，做了還是食之無味。

我現在是不是就像朱元璋那樣，舌頭變化，連味道都分不清了呢？

二十一、世界米在日本排名，中國米倒數

世界杯足球賽，有很多人關心；這場六國大米的比賽，除了我，似乎沒有多少關心的人。

我之所以關注六國米的比賽，原來以爲這是一場一邊倒的比賽，毫無懸念。肯定是世界上食米人口最多的中國奪冠，日本米第二。或者日本米第一，中國米第二。

至於其他國家，人家主要吃麵包，吃米的人少，米不好，不能怪人家。但我仍然想讓中國米有一個張揚國威的機會。那麼多食米族、非食米族和食麵包族生產的大米，從來沒

有在同一個市場比賽過；日本的自然災害提供了一個比賽的擂臺。比賽粉碎了我對中國米的期待，粉碎了我的盲目自大。比賽結果從人氣度、價格上都可以看出來，因爲商品經濟，市場調節，周轉很快。

結果：日本米獨佔鰲頭。當然，我一想，像足球比賽一樣，他們有主場之利。第二原來是美國米。日本人一向敬仰美國，山姆大叔的東西都是好的，包括米；但實際吃下來不如澳大利亞和新西蘭的，所以跌至第四；

澳大利亞第二，新西蘭米第三；美國米第四；中國米和泰國米墊底。我沒有辦法改變排名，那是買米人集體的意志。

二十二、不甘心失敗的美國加利福尼亞農場主

日本人即使在饑荒的年代，也不買中國米，讓我刻骨銘心，念念不忘。米賣到最後，中國米實在沒人買，中國留學生又買不完，米店老闆怕過期變質，有的米鋪就將中國米送人。

我住的「光華寮」，不遠處有一家米店，店主知道光華寮裡住的全是中國人，就將賣不完的中國米，送給寮裡立志要使中華光輝復興起來的中國留學生。

米送來的時候，我也得到一份，心裡很慚愧，很彆扭，同時很難受；但我還是接受下來了。送的米，我沒有理由不要，那是我們中國的米，妻子從中國帶都要帶的。

政府首腦們太忙了，忙得沒有人看比賽。但精彩的足球決賽，總統還是會停下會議看的。米賽不是足球賽，因此，沒人看，沒人關心。

偶爾也有關心的人，回國前，我在報紙上看到，美國加利福尼亞農場主已經承認美國米不如日本米，在這場競爭中失敗了；賣得那麼便宜，還是沒有人買，乃是最殘酷的現實。

那位加利福尼亞農場主說，他準備引進日本大米的種子，回農場種植。君子報仇，十年不晚。三年後再來與日本米較量。

我看到這條消息很震動，連續翻中國報紙，結果，沒有發現一家報紙有六國米競爭，中國米慘敗的報導。這使我很失望，一個國家的落後，本質上是技術和情報的落後。

二十三、中國：先讓人民吃得飽，再讓人民吃得好

回國以後，爲了學校博士點的事跑北京，與北京國家教委和農林部的人談起此事。

我說「中國是農業國，大米是立國的基礎，我們應該好好研究研究大米是不是？」

他們說：「是。」

我對他們講了日本米的故事說：「爲什麼我們不好好研究一下大米，改良新品種呢？」

官員們笑了，說：「研究啊，怎麼不研究？我們的農業科學家天天都在研究啊。但是，你不要忘記，我們是一個有十三億張嘴的國家。我們研究米，主要不是研究米的好吃，而

是研究一粒米怎麼才能燒出一鍋飯，那樣的飯當然不好吃；我們的當務之急，是先讓人民吃飽，再讓人民吃好。」

他說得非常精闢，非常正確。同時讓我陷入深深的失望之中，的確沒有什麼可比的了，中國米離好吃的路還很遙遠，很遙遠。

二十四、書生愛國空熱血

當時一陣衝動，想學美國加利福尼亞農場主，買一些日本米種子帶回國，送給上海農科院，供專家栽培、研究，以後推廣。

但事情太多，一忙就忘了。

目前也沒有任何材料證明，黃遵憲在寫了《日本雜事詩》，說要把日本稻種帶回家鄉種植以後有什麼實際行動；我看他

也八成沒有帶，也許公務忙？後來又到美國去了？也許忘了帶，和我一樣？

讀書人和詩人總有太多的繁忙、太多的藉口和太多的懶散。許多事只停留在詩、文上，沒有下一步的行動。

但是，畢竟感覺到了，意識到了，走出了第一步，寫總比不寫好；書生和詩人愛國的熱血，太陽一般殷紅。

【附記】

中國的大米，終於一天天好吃起來了。特別是上海的大米，好吃的過程，比預期的時間大大縮短。

屬於上海一個區的嘉定，是江南的米倉；他們培植的「寒優湘晴」稻，是嘉定區農業技術推廣中心選育的雜交新品種。技術中心把在同一塊土地上，先種小麥，麥收後再種水稻的做法，改爲先種綠肥，再種水稻，讓水稻吸取綠肥的營養，改二熟爲一熟，產出的大米果然顆粒飽滿，色澤晶亮，口感糯滑，且產量高、品質穩定，與日本大米的特點很相近。

日本駐上海的糧食代理商「日米公司」也聞到了寒優湘晴米的香味，一次就訂購三千噸。

先運一點二噸到日本，寒優湘晴經過日方嚴格的檢測以後，運到日本國內試銷，竟然獲得成功，緊接著又是六百噸，繼日本國民對外國大米排斥以後，中國大米首次登陸日本成功，中國的大米今非昔比啦！！！

日本商人說，我需要一萬噸！

但出口突然中止了。

爲什麼？因爲第二年，日方檢查下來，中國米的品質又下降了，指標不合格。

日本人說：按合同，退貨，不要了。

明明第一年檢查通過的，第二年怎麼會不合格呢？

經過調查知道，原來，農民又偷偷地將春冬種綠肥，夏秋種大米，改成春冬種小麥，夏秋種大米。同一塊土地上又是小麥又是稻，肥力不足，秋後的寒優湘晴，品質便大大下降。

不是說好先種綠肥，再種寒優湘晴，米全部出口的嗎？怎麼中途變卦，改種小麥？主管的技術中心知道不知道？

不知道。是農民自己改的。

爲什麼要改？

農民說，種寒優湘晴，他們不划算；技術中心和日本人開的米價太低，農民不願意放棄種小麥，不出口就不出口。

這次和上次不一樣了，上次是出口了日本人不要；這次是日本人要了，中國農民不願意出口。

打開的日本米市場，又關起來；成功的登陸，又退回來，眞是太可惜了。

但是，寒優湘晴到底定什麼價比較合理？應該由龍頭企業來擔綱的，現在中國沒有這樣的龍頭企業。

你想保護上海農民的利益，與日本人談價格，你談得過日本人嗎？零零散散的農民，單兵作戰，你是日本人的對手嗎？

先問你，出口貿易的知識你懂多少？運費是多少？報關費是多少？米的離岸價格是多少？到岸價格是多少？日本政府的農業政策是什麼？日本消費者的心理，對中國米的態度，你研究過沒有？

沒有。全部沒有。

於是，日本商人傲慢地說，他們都研究過的，他們對貿易、運費、報關費、離岸價、到岸價都知道得一清二楚，他們說得出資料，並且說得頭頭是道，因此說一不二。

他們說，他們也沒有賺到什麼錢，只是爲了幫助中國大米出口，促進中國農業現代化，根本沒有虧待上海農民的意思，說得你啞口無言，步步退卻，說得當翻譯的中國留學生非常窩火。

算下來不划算，就不種，已經不行了。要不種早不種。

現在，合同已經簽好了，不能違反；也就是說，不簽合同，隨你便，你願意種什麼就種什麼。但現在已經簽了合同，農民就不應該私自種小麥，影響大米，品質下降，被人家退貨，要賠錢的，你懂不懂？

不懂？

中國已加入ＷＴＯ了，怎麼就沒有人監管？這樣一來，損失的是誰？是農民？是政府部門？技術中心？還是國家？

教育農民是一個長期的任務，但監管形同虛設；該打屁股的，應該是管理部門。這些部門，總有清朝遺留下來的衙門作風，也許只有用清朝的刑罰，用浸過油的藤條或用木板打屁股，才能使他們清醒。

和日本打交道，任何時候都要小心謹慎。就是齊梁的時候，唐朝的時候，都要細心研究策略的，別說是現在。

渋谷雨

一

日本的地名，最早都是從教科書上知道的。幾種日語教科書，裡面都有游離於語言之外的宣傳。

沒有到日本去過，但「吉祥寺」、「新宿」、「銀座」、「上野公園」、「渋谷」，都已經耳熟能詳，日本在推廣語言的同時，把日本的政治、經濟、文化習俗推銷出去。讓知道東京的人，比知道北京的人多，知道渋谷的人，比知道上海徐家匯的人多。

地名的宣傳，就是對一個國家的宣傳，至關重要。

我到東京大學文學學部，住在駒場會館。駒場離渋谷不遠，地鐵雖有三站路，那是繞圈子，假如步行，二十分鐘就到了。我每每步行，倒不是爲了節省幾個日本銅板，而是一路上的商店，人流、物流、資訊流很吸引人。渋谷有許多特色街和特色商店，專爲追星族準備，流行的衣帽，流行的款式，奇形怪狀的打扮。

都說，渋谷是年輕人的世界；一刻不停的人流，花花綠綠的衣衫，瘦瘦的身材，黃髮披肩，男女分不清。

每穿一次馬路，等紅綠燈，四面八方全是年輕人，什麼原因呢？據說是日本的ＮＨＫ電視臺在這裡，歌星、影星雲集，許多年輕人想一睹風采；也有年輕人想到這裡來試試運氣，就像美國好萊塢周圍，聚集著許多美國和歐洲的俊男倩女，進不了好萊塢，就在好萊塢周圍的小酒吧打工，呼吸呼吸好萊塢的空氣也好。

二

想瞭解日本的未來，來渋谷看看好了。現在日本的年輕人，似乎不認同老一輩的勤儉、認眞、努力奮鬥那一套，完全沒有理想，沒有拼搏精神，在老一輩人的眼裡，他們是「垮掉的一代」。

一個住在京都的畫家朋友問我：「你知道不知道什麼叫『街頭族』？『援助交際族』？『新新人類』？」我說：「不知道。」

他說：「你看。」果眞，在十字路口，路的對面，三五成群，一些不衫不履，懶懶散散的年輕人，乞丐不像乞丐，流浪漢不像流浪漢，不知道在幹什麼。

他們的頭髮跟季節走，跟歐美流行走，先來黃的，黃得不過癮，又來紅的；紅的過時了，又來紫的；紫的膩了，再來翹的；翹完了來兔子尾巴，來鴨屁股，來五花大綁；剪髮如剪草坪，上面刻字；刻的什麼，是字母，有的是崇拜物件的英文縮寫。

他們坐著、蹲著、趴著，斜倚在欄杆上，一坐就是大半天。在幹什麼？不幹什麼。就這樣，玩玩，聊聊，笑笑，鬧鬧，故意倒穿衣衫，邋裡邋遢，萎靡不振。但你不要以為他們都是無家可歸的人，腦子有毛病？或者是鄉下來的窮孩子？都不是。他們都很正常。

「為什麼要弄成這個樣子？」「這樣流行呀。」你只能搖搖頭，走開。

三

渋谷的「街頭族」算好的，「援助交際族」更出格。她們集體賣春，做伴遊，換一點錢。但你別以為她們是妓女，她們絕大多是女高中或女大學生。她們和妓女的區別是，並不是為生活所迫，而是想體驗體驗。

有人體驗「死亡的感覺」，使勁地掐自己的脖子，試驗上吊，用刀割腕，結果真的死了。其實，人生很長，要體驗的東西很多，不必著急；像死亡的感覺，放到八十歲以後再體驗也不遲。

新新人類到處有，渋谷特別多一點。這樣想的時候，不知不覺來到一家奇怪的店門前。我每天都要經過這家店。店在渋谷繁華的邊上，沿街的門面。店門口坐著幾個女孩子，笑著朝路上每一個走過的人招手，我走過，她們也笑著向我招呼，邀請我進去，我當然不敢進去，不知道她們是什麼店，說不定是賣「人肉饅頭」的。要不然，爲什麼都是穿得花枝招展的女孩子，站在門口招呼行人？因此，腳步不敢停留。

一個星期過去，漸漸地熟了。一次，有幾個人進去，我好奇地停住腳步，朝裡面張望一下，突然怔住了，牆上掛著一幅幅什麼東西？跨一隻腳進門。

四

原來在辦書法展覽。一問，知道，四五個女孩子都

是東京大學的學生，展出的是她們自己的書法作品；她們是教養學部的，愛好書法。是一個在東京大學留學的中國老師指導的。

一年以後，她們開始合計，把創作的作品裝裱好，然後在渋谷年輕人集中的地方，租一家小小的門面房子，又印刷了精美作者、作品介紹，貼上海報，第一屆「渋谷之春」書法作品展出了。

我自幼臨習書法，在大學裡上過書法課，經常和書法家朋友探討書藝，幫學生辦展覽，看了很親切。

我進門，她們像迎接春天一樣迎接我。因爲街上來來往往的人雖然多，但很少有人進來看書法展覽，每個進來的人都是稀客；在稀客裡面，我是眞正的稀客。進門後，她們要我在一張貴賓簿上簽名。

我一簽，她們看是從中國來，一起驚訝地圍上來，七嘴八舌，請我簽名留念；問了我許多問題，好像她們受中國老師指導，每一個中國人便是書法家一樣。熱情、認眞、虔誠的程度，超過了我在中國大學裡教過的學生。

我覺得她們更有事業心，更有培養前途。因爲她們都沒有錢，而裝裱、租房，印作品、印海報，都是要錢的；她們天天吃泡麵，把伙食費一點一點節省下來，每年舉辦一次沒人來看的書法展覽。

沒有人看，她們就站在門口請人進來看，還準備一些飲料和點心，每進來一個人，她們都歡天喜地。日本人的精神眞偉大，女孩子也是；我有一種震撼的感覺。

牆上：隸書、楷書、章草、行書，有的嫵媚，有的婉約，有的很有英武氣，完全不像女孩子寫的。是她們的作品？我開始有點不相信。

相信了，又張口結舌不能言。因爲看她們的頭髮，也是染了色的，裝束也有點不衫不履的樣子，和我每天在渋谷看見的差不多，是藝術家？還是街頭族？是兩者有共同之處呢？還是我們老了，不理解年輕人了？我弄不明白，哪一種是眞實的日本，未來的日本呢？

五

看完展覽，我站在渋谷大街上。看著滾滾的人流，紛紛的紅塵，感到有點孤獨，有點進退失據，不知道該往哪個方向走？

下小雨了，我突然想起來，今天晚上要去京都的。

微微的渋谷雨，就這樣濕了衣衫……

不餓不飽——日本人請客吃飯之一

一

初到日本，有幾件事是要學的，譬如請客吃飯。你不要小看請客吃飯，窮有窮相，富有富相，一個家庭、一個國家、一個民族的貧富和文化差異，都可以從請客吃飯上看出來。

二

首先，日本人吃飯規矩大，人家請你，你在動筷子之前，先要感謝地說一句「那，我就領受了。」不能不管三七二十一地拿起筷子就吃。

吃完了，還要說一句「感謝你的款待」，否則不合禮儀。

假如，日本人問你菜好不好吃？不管好吃不好吃，你都要說「好吃。好吃。」並使勁地點頭微笑，表示自己的話是眞誠的。

有些人還沒有吃，就會說：「啊！看上去很好吃。」日本人就高興，他覺得，自己的飯菜讓客人滿意了。不知道中國人口是心非，心裡其實有別的想法不說。

這種不管好吃不好吃，都要說「好吃」，不免有點矯情，但沒有辦法——後來，矯情和禮貌就分不清了。

三

假如有日本人請你吃飯，你首先要想到，日本人和中國人請客吃飯的概念是不同的。

在中國，表現主人豪情最好的方法就是請客吃飯；賄賂幹部最好的方法，也是請客吃飯；人不能餓肚子，天下吃飯的事情最大，這是農民的眞理。

而日本人請客吃飯，則是爲了在人與人

的交往中不失禮，有這麼一回事就行了；和豐盛或者改善你的伙食、或者賄賂幹部沒有關係。

但是，長期在中國習慣了，一聽日本人請你吃飯，就不免懷抱幻想，以爲也會像在上海朋友家裡那樣，一直要吃到鬆褲帶。

四

坐在餐桌旁，首先看到筷子上寫著：「請你只吃八分飽。」雖然只吃八分飽對身體有好處，但我已經餓了很久了，你知道不知道？

還有，日本料理是有名的「眼睛料理」，不是「嘴巴料理」。看起來賞心悅目，大盤、小碟的一大堆，其實菜只有一點點。

最要命的是，每次端上來的盤子、碟子、碗裡，能吃、不能吃的東西混在一起；而且，常常是不能吃的東西多。

五

端上來一大盤，其實生魚片只有當中的幾片；下面、周圍全是冰和裝點陪襯的東西。

此時，我要提醒你，不要「出洋相」。

我出過洋相，那時剛到日本，不懂，也缺少應付日本人請客吃飯的經驗。見人多菜少，我就文質彬彬；結果輪到我，生魚片沒有了，我只能夾冰塊不像冰塊，粉絲不像粉絲的東西，把邊上的幾片蔬菜葉子，夾到嘴裡。

用力一咀嚼，覺得不對，嚼不動，又吐出來。原來不是蔬菜葉子，是用來裝飾的塑膠葉子。我知道已經太晚了，當時的情景，讓一桌子的人笑了我一年，從此讓我記住，對日本人請客吃飯要小心。

六

有時有點心，那點心眞是點點心的。

托盤上面放著精美的碟子，每只碟子裡一隻小果子，每人一個，每次一份，端了三次，每個小果子只有指甲那麼大。

我不忍心吃，因爲小果子是「工藝品」，宜於觀賞不宜於吃的；若說吃，三個拇指大的小果子，全給我一個人

吃，統統往嘴一倒，還沒有裝滿，三嚼二嚼就沒有了。

七

但是，端盤子的過程很長，也很美麗；日本的女服務員，有的是日語說得溜溜的中國女學生來打工的，有的是鬢髮如雲，穿著日本和服的日本女孩子，非常溫存地朝你微笑。還有，你的視線對著回廊，一排篁竹排成唐代王維詩中的意境；牆上的匾額，日本書法比中國書法線條更抽象，更春蚓秋蛇。

但這與吃本身沒有多大關係，吃的東西少，就用文化來補充，我心裡想。

八

後來知道，有點心和生魚片的飯算豐盛的，日本人請客吃飯的涵義，通常是請你吃一碗麵條，加一個荷包蛋，或者一根炸蝦條；而且不會又有荷包蛋又有炸蝦條，兩樣東西不會同時存在。要不就是每人一碟炒飯，一碗清湯。

開始懷疑，怎麼這麼少？後來知道，就是這麼多。

我在日本二年，已經有許多日本朋友請過客了，我積累了豐富的經驗：譬如，赴宴前，可以在家裡先吃點東西墊墊肚子，或者回來再吃點「泡飯」。

九

最後，我總結出來，大多數日本朋友請客吃飯，都可以用「十個不」來概括：

菜的式樣——「不中不西」；

摸摸碗碟——「不冷不熱」；

花色品種——「不倫不類」；

嘗嘗味道——「不鹹不淡」；

吃完肚子——「不餓不飽」。

雷大雨小——日本人請客吃飯之二

一

一個有身份的日本朋友請我吃飯。

他是認識我的，不僅認識，還很熟悉。但請客吃飯的事，他不直接對我說，而是鄭重其事地請了一個中間人邀請我，讓我可以緩衝，假如我不同意，雙方不至於丟面子。

但好事多磨，約了幾次：他有空的時候，我沒有空；我有空的時候，他不湊巧；大概有兩個星期，熱心的中間人和我們打了十幾隻電話，像兩個國家的元首要互訪見面一樣，經過很大的努力，終於約定了，在某日中午某處。

二

這位日本人親自開車，顯示了他的熱情。我們坐在他的車後，穿過一條條大街和豪華的飯店，就在我以爲是這家或那家大飯店的時候，車子轉彎了——都不是。

臨了，車停在一家小餐館前面。我有點失望但又抱有希望。也許是他熟悉的，店小，東西豐盛吧。

大家坐下來。先是免費的冰水，然後是一碟炒飯和一碗清湯。他在翻菜譜的時候，我就緊張，而且懷疑；怎麼點得這麼快？不管怎麼說，先吃起來再說。

三

一邊吃，我的眼睛還朝廚房的方向看，以爲是人多，廚房忙不過來；後面還有幾道菜，然後才漸入佳境。

直到把一小碟炒飯吃完了，薄薄的清湯喝光了；對方已經擦嘴，開始付費。我才不得不把朝廚房方向的眼光收回來。並且知道，兩個星期前非常莊嚴，非常隆重，非常艱難，約了幾次才成功的盛大的宴會，至此已經落下帷幕。

四

這使我想起，我去日本前，有一個日本朋友到我家做客，我請他到飯店吃飯，叫了很多菜。

對著一桌子菜，他端坐著，不動筷子。

我請他吃，他不吃，並用生硬的漢語問：「曹先生，你這頓飯要花多少錢？」

我覺得奇怪，因爲不論多少錢，都是我花，不是你花，你問他幹什麼？

「一個月的工資」我爽爽快快地回答。你是遠道而來的客人，我應該好好招待。這體現了中國人的豪爽和志氣，我們是窮，但只對自己窮，不對朋友窮。

那位日本朋友馬上臉有難色地說：「曹先生，以後你到日本來，我拿不出這麼多菜招待你，你不要生氣噢。」

我沒有掃興，我只當他說著玩，因爲我知道，這個朋友很有錢，這點點錢，小意思。

五

眞的到了日本，眞的輪到他請客，眞的請我就是一碗麵上橫一條炸蝦，我才清醒了不少。

他請我喝酒，兩人一瓶啤酒；我謙虛地說「不會喝酒。」他就眞的不給我倒了。

不給我倒，他自己倒，倒得一滴不剩，麵也吃得一點不剩。我當時心裡很糾結，這是小氣呢？節約呢？還是習慣？

後來一件事徹底打消了他小氣的想法。我愛人來京都，他請我們一起玩。走過一家「彈子賭博機」的店，裡面燈光璀璨，聲音嘈雜。愛人停下腳步朝裡面張望了一下。他覺得我們對日本的這一道風景很新奇，竟然給我們每人五千日元，讓我和愛人到老虎機上「體驗體驗」，五分鐘不到就把錢輸光。但即便如此，他也不願意多買一點飯菜，讓我吃得肚子脹。

六

更讓我覺悟的是，有個經常到中國去的日本朋友請我吃飯。我們之間非常親密，但他

的飯仍然簡單。也是一客炒飯一碗清湯。吃完以後，他望著我沒有滿足的臉色說：「沒有吃飽吧！」

我用沉默表示贊同——是的。

我想，作爲朋友，既然知道我沒有吃飽，總要再叫一點吧！

但他沒有。並且說：「我去中國開會，每次回日本，總有一個星期覺得吃不飽。」

不過他說：「過幾天就好了。」

我當時想，也許他是對的。今天沒有吃飽，其實夠了；以前飽，是吃得太多，對身體沒有好處。

而且，沒有必要向今天沒有飽的感覺讓步，向自己的胃讓步——就是對以前的陋習，沒有必要遷就的意思。

七

一個星期以後，我眞的適應了。

而回到中國，反倒覺得不適應，一是中國菜太油膩，二是許多官場請客吃飯，特別是一些貧困縣的領導請客吃飯，讓我覺得比日本人請客吃飯更不可思議。

看日本探索電影

一

一次，無意和日本京都大學的川合康三教授談電影。

他問：「你知道我最佩服的導演是誰嗎？」

我搖搖頭。

他說：「你猜猜看。」

我說：「好萊塢的大導演？或者，你們日本的黑澤明？」

他說：「不是。不是。我最佩服的，就是你們中國的導演張藝謀。」

他說：「張藝謀的電影，我每部都看。每部電影都好，就是翻譯不好。譬如，《一個不能少》，在日本，被翻譯成《尋找那個孩子》，意思差多了。」

我很驚奇：「京都有看張藝謀電影的地方嗎？」

他說：「有。就像你們中國也有看探索電影的地方啊！」

興致一起，川合說：「這樣吧，明天我請你看日本的探索電影。」

日本電影不是很開放、很自由的嗎？怎麼也有探索電影呢？日本探索電影到底是怎樣的電影呢？

二

第二天，來到川合先生的研究室。

他取出電影票說：「就是這個電影，你譯成中文看看。」

我譯成「紅橋下的暖流」，川合連連說：「對。對。對。非常準確。」

電影院在河原町三條一家店的四樓。路人走過，譬如，我已經走過幾十次了，從來沒有在紅紅綠綠的商店廣告招牌中，發現電影院的蹤跡。就像以前上海西藏路、北京路附近，也有專門放探索電影的地方，知道的人知道，不知道的人不

知道。

上海的「探索電影」我看過幾次。那時不叫「探索電影」，叫「參考片」或「內部電影」，一般人是不能看的；內部電影的票子，用錢買不到；誰有內部電影的票，被視爲特權。不像在日本，只要你願意花錢，人人可以看。

三

站在京都大學門口等車，半天不見車來；改乘出租，出租也堵。捨棄計程車，我們像兩個被員警追趕的犯人，一路狂奔到電影院。

電影已經放映了。

四周一片黑暗，刺眼的光束在變幻交替，男主人公很厚重的嗓音，有些震耳朵，背景音樂已經響起來。

低著頭，貓著腰，遛到我們的第一排，在兩個空位子上坐下來。

坐定了看，電影院簡陋得像中國農村放電影的樣子，一張白被單掛在牆上，就是銀幕了。也許不是白被單，因爲床沒有那麼大。

四

銀幕上，白雲在高高的藍天上凝固不動；藍天下，是顏色略淡的背景；極遠處，是浮在海面的群山——那是日本內海。

日本臨海城市有兩種：一種面對太平洋，一種面對內海。面對太平洋的比較開闊，經濟上比較富有，面對內海的比較閉塞，經濟上也落後。據說，生活在太平洋沿岸的人，「陽光型」的比較多，生活在內海的人，「陰鬱型」的人比較多。導演選擇了內海爲背景，應該有他的用意。

大海喧囂著，在藍色的寬鏡頭裡湧動白色的浪花；海鷗群集，鳴叫聲被放大了幾十倍。

電影院小，又是第一排，非常刺激。浪花濺起來，都濺到臉上，想躲避也來不及。手抹抹臉，舌頭添添嘴唇，有點鹹味；一群海鷗飛過，臉上有海鷗翅膀掀起的風和羽毛拂到臉上癢癢的感覺。

看清了，「紅橋」是內海海灣一個非常美麗的漁村。

臨河人家，一幢小木屋，屋子外面滿是青藤纏繞，開滿鮮花；屋子裡有點暗，但很靜謐，人在裡面，臉很柔和，一出門，便是藍天，碧水，紅橋。

五

川合告訴我，這部片子的導演叫今村昌平，是日本最著名的導演之一，探索電影尤其拍得好。選擇男女演員，喜歡女演員美麗溫柔，男演員勤勞憨厚。

不一會，美麗的女主人公出現了，在藍天、碧水、紅橋的掩映下，陽光很刺眼，女主人公美麗得讓人睜不開眼睛。

「暖水」，肯定是五月的天氣；因爲影片裡，河水暖洋洋的，河裡的魚懶洋洋的，河裡的蝦也懶洋洋的。

早晨，有人在河邊跑步，有人在河邊釣魚。附近有一個漁市，每天，從無數條漁船上卸下成噸的魚，魚市場裡人聲鼎沸，看不出有什麼特別的地方。我簡直忘了是看「探索電影」。

六

不一會，奇怪的景象出現了。

女主人公在超市買東西，突然看見一個她所喜歡的男人，一股水就從她的裙子下面流出來，我非常驚訝，我想，這不可能吧。我以爲自己沒有看清，是女子把超市裡的油打翻了，因爲她正在買油，一提起油桶，就開始流水，好像是桶底漏。

我緊張地專注地看著，後來，美麗的女主人公每看到那個男人，裙子下面就會奇怪地流出水來。由此可知，片名《紅橋下的暖流》，「暖流」，還指女主人公會奇怪地流水。雖然一次一次地流水，但並不影響什麼，女主人公照常生活，照常工作，照常說笑；甚至，流出來的水也濕不了衣衫，這些，我都弄不明白是什麼原因？是哪裡來的水？為什麼會流水？

直到影片進入高潮，女主人公和她喜歡的男人在小木屋裡做愛，水從裙子裡流出來，越流越多，竟響成潺潺的小溪，整個屏幕上全是流水，然後「嘩嘩」地流出小木屋，流入屋外紅橋下的河中，我才知道，裙子下的流水是什麼意義。

七

電影音樂很奇妙：小提琴、日本鼓、口琴、日本笛合成神秘柔曼、昂揚、激動人心的旋律，與藍天、大海、白雲、爬滿藤花的木屋成為一個整體。鏡頭一會兒對準「紅橋」，一會兒對準美麗的女主人公，交相疊影。

摹擬的流水聲，以及女主人公流水時，臉上豐富而奇怪的表情，深深地印在腦海裡。生動、形象、鮮明地給我壓倒性的衝擊。由此看來，前面的「釣魚」、「魚市場」、許多人在買魚，也都具有極強的象徵意義。

全場一片靜謐，沒有一點聲音。大家都覺得又新鮮、又緊張、又期待。

八

「流水」與「魚」，都是中國詩歌裡的意象，《詩經》裡的許多「河流」、「水」和「魚」，都是「性」的「隱喻」。河流是一種意象，「魚」是一種意象，魚遊的「蓮葉」又是一種意象。

漢樂府裡有一篇叫《江南》的詩，就是寫「性生活」的。但日本作家和導演卻拿來用在電影裡，中國江南的河流變成「紅橋下的暖流」，還從女人的裙子下面「嘩嘩」地淌水，那眞是嶄新的令人驚奇的境界。

九

電影裡的日語，說得比教科書的磁帶快，雖然有規定情景，也不好懂；有的地方看不

懂，也聽不懂。問川合先生，他說，語言都懂，意思也不全懂。

其實，這部電影，探索的是男女「性」、「愛」問題。即在沒有「性欲」之後，男女之間還有沒有眞正的「愛情」？這是很有意思的問題。

電影的結論是，人即使老了，失去了「性欲」，但「愛情」仍然存在，這是對普遍存在的人性的深度挖掘。

日本電影有兩種規定，一種是15歲以下未成年人不宜，一種是18歲以下未成年人不宜。這部電影屬於「15歲以下未成年人不宜」。雖有床上鏡頭，但很含蓄、很乾淨，並不暴露。

十

同樣是探索電影，中國和日本不同。

中國主要探索政治與現實的關係，改革開放與傳統保守勢力的矛盾；日本電影對政治比較超越，他們主要探索文學與人，文學與社會，以及電影與人的關係。正如我們的小說，大都寫政治與生活的衝突，而獲得諾貝爾文學獎的大江健三郎，則主要寫人性與世界，和平與核，父與子的親情一樣。

十一

這是象徵性很強哲理電影，哪些人喜歡看呢？

想像中，他們一定是大學生，大學教授，和我們一樣？或專業工作者，職業電影評論家？

進場時，匆匆忙忙，不敢東張西望，不敢朝後看。散場時才看見，男男女女的觀眾，各種人都有，背包的，打手機的，三三兩兩交談的，有大學教授、高中生、公司職員、家庭婦女，就像大街上普通的人流，不是我想像的專業電影評論家。

再看，那是一個只有七、八十個座位的「袖珍」電影院；座位雖少，但來此地的人，都是探索電影的「鐵杆影迷」。川合先生算一個；今天，他把我拉來當了一回。

十二

走出電影院，我覺得形神超越，覺得很了不起。但看日本人，散場後，幾乎沒有一點

表情，平平淡淡地融入街上的人流，慢慢不見了，這讓我的心震動了一下。

沒有人在乎「探索電影」，因爲它是，平平淡淡生活的一種。

日本社會由一個一個圈子組成，圈子與圈子之間，觀念相去甚遠，互不干涉，這就是日本人多元的生活方式吧！

【附記】

本文發表在《東洋鏡》網站上，雪非雪帖子說：「今村昌平電影選集我有收藏，收有15項作品及電影花絮。這個《紅橋下的暖流》過目不忘，可謂探索影片，呵呵。」

換書

一

去日本，帶了十本自己寫的博士論文《詩品研究》，送給京都大學圖書館和其他日本大學圖書館，送完多了幾本。

放著，沒有用；帶回上海，是石頭往山上背。於是想和書店換書。自己的書，怎麼能和書店的書換呢？不過，試試看。

二

離我住的光華寮不遠，有一家日本人開的「朋友書店」，專賣日本書和中國書；書店雖然只有麻雀般大，卻經濟、哲學、歷史、地理、文學、藝術，應有盡有。

經過一番計畫，一天中午，我終於鼓起勇氣，帶上四本自己的《詩品研究》，去書店換日本人寫的《世說新語和六朝文學》，還有臺灣學者寫的《顏氏家訓》研究。

爲了怕店主不肯換，我多帶一倍去，兩本換一本，讓他佔便宜，店主唯利是圖，我無所謂；我想，大概不會有問題。

三

營業員是來書店打工的女孩子，不懂事，我對她說了換書的意思，她一臉茫然；我把意思重複了兩遍，還做了換的手勢，她仍是一頭霧水，眼睛瞪得大大的，很緊張的樣子。換書這句日語不複雜，我是說清楚了的。關鍵是，我換書事，超出了她的理解，也超出了她的想像能力。都說日本人想像力差，其實是他們太認眞造成的。

我們尷尬地對峙著。

僵了半天以後，她突然點點頭，腦筋急轉彎般地明白了我的意思，高興地大笑起來。她接過書，認眞又猶豫地看看，說，她不好做主，要去請示書店當班的負責人。

負責人是年輕的小夥子，剃著平頂頭。聽完也笑起來。說：「一輩子沒有碰到，眞是，一輩子沒有碰到的事情哩！」

他謙恭地表示，自己雖是當班負責人，但沒有權力處理這件事，要請示老闆。日本人做事就是要一層一層地請示。

四

老闆來了。我看他年齡也不大，四十多歲吧！但更斯文一點。

我先介紹自己寫的《詩品研究》，給他看前面精美的書影，並告訴他，以前貴店也賣過我的書，《詩品集注》，三千日元一本。

他接過書說：「眞是好書哩！」我說：「我的兩本換你一本，怎麼樣？」

他說：「不公平吧！」

我說：「我吃點虧就算了。」

他說：「不行，誰吃虧都不行。」

怎麼死板得一點靈活性也沒有，我說，既然是換書，定價就不可能一致；不能換，就算了。我準備把他的書重新放上架，把我的書放進隨身帶的包裡。

五

「你是中國人？」他問：「你在京都大學？」

我說：「是的。怎麼？」

他說：「興膳宏教授，你的認識不認識？」

我說：「怎麼不認識？他今年剛退官，現在在京都博物館當館長。」

他突然興奮起來，提高了嗓門說：「你的，是興膳宏教授的朋友，我的，也是興膳宏教授的朋友，朋友的朋友，就是朋友。」他把我插回原處的書又抽出來，說：「這兩本書送給你，你的研究的可以用。」

「不換？送？」這回是我聽不懂他的意思了。

「不，這樣吧。」我也趕忙從包裡取出我的四本《詩品研究》說：「這是我寫的書，送給你們店，作個紀念吧。」

他也收下了。他歡迎我再來。我也歡迎他到中

國來。在「朋友書店」，朋友的朋友，就是朋友。

六

換書不行，互相贈送倒可以。在實用主義看來，這是沒有區別的。但換的是利益，送的是友誼。有朋友自遠方來，不亦悅乎？朋友間送書，不亦君子乎？於是想到，世間萬事，換一種思維方式去做，便海闊天空。

木屋與水田

一

那是一條去山端的彎彎曲曲的道路，一條木屋與木屋之間夾出的道路，從我住的北白川，一直連接到京大交流會館。

櫻花簇擁的木屋前，停著一輛輛汽車，五顏六色的汽車，在屋前屋後的樹蔭裡掩映，疏水一直唱著歌，伴我行走。

二

在木屋與木屋之間，在房舍和路密匝匝的圍堵之下——突然出現了一大片水田。那是一片汪

汪的綠水，寬闊的秧田，歡樂的蛙聲，令我沒有想到。

秧田和木屋如此接近，以致家屋、孩子、妻子和狗，每天都和秧田相依在一起。

木屋與水田相依，就像青草與池塘相依，初月與東山相依，孩子與搖尾巴的狗相依，農人與鋤頭相依一般不可分離；那種自然、親切、溫馨的感覺，令人愜意得眼目清亮。

春天的木屋，四周有樹葉覆蓋，老藤纏繞；春天是一首詩歌，一支樂曲，木屋像春天的粉絲，像一個被樂聲迷住的人，半睡半醒地聽著，歪斜在音樂裡。

因爲水田，木屋的牆根，多了一層青苔，多了一層透明的綠色絲網，木屋上的青苔，會使整個畫面映出一片雨綠；在櫻花正紅的時候，田裡的秧苗，開始齊刷刷地綠起來。太陽一照，綠色的光，便一晃一晃地耀人。

三

有風從南面來，吹過清新的秧苗，畫面便動起來，秧苗也動起來；這時，扛鋤頭的農人、妻子、孩子和狗，每一個走過的人，可以嗅到一股遠古奈良時代糯米糍粑的香味，大家都不由自主地，和田埂上的狗一齊深呼吸。

不知不覺，走過太陽下的秧水有點蒸人？那是初夏來了。

我喜歡京都初夏特有的水田氣息，寧可繞一點路，也喜歡走到水田前，佇立一會兒，看看秧色的變化，看土地如何脫去春裝，穿上夏衣。

水田裡，秧苗漸漸由淺綠變成深綠，由深綠變成淺黃；稻穗揚花以後開始灌漿，穀穗沉甸甸地低下頭。

四

當稻子成熟，還未與鐮刀相遇之前，烏鴉、痲雀也聞到了新米誘人的香味。

我注意到日本農人紮了一個稻草人，那是穿一身日本服裝的稻草人，稻站在田的一角，戴著紅帽子，揮舞小紅旗，和我家鄉江南的一樣，又不一樣。

稻子成熟了，鐮刀響起來。

如果碰巧，你可以站在木屋邊上看農人收割；假如不巧，有兩天沒有經過，你會懷疑自己是否走錯了路，昨天還黃澄澄的田，今天就像剛剃過頭的人，突然變得陌生不認識了。

早稻田被割過以後，慢慢地，半夜的露水變成了飛霜。水田邊上，人家屋後，長著一棵棵柿子樹，柿子樹比屋高，比山低，參差錯落，圍住院落。

秋霜以後，木葉盡脫，黃黃的、紅紅的柿子，枝頭上挑著紅燈籠一般。

按日本人家的習俗，結滿枝頭的柿子，基本上只看不吃，此時，秋天的美，便一樹一樹地凸現在蔚藍的晴空下面。

五

柿子留在樹上的目的，不僅給秋天看，給饞嘴的烏鴉看；也給冬天看，給白雪看，爲在一片潔白的色彩裡，雜一點斑駁的絳紅。

冬天的雪，在木屋的巷子裡飛舞；下滿了道路，下滿了屋頂，木屋的紙窗，便「嗦嗦」作響。風一陣緊似一陣，雪越下越密，都以亂撲的姿勢，對紙窗不依不饒。

此時，水田會結起薄薄的冰，殘陽和枯草在風中瑟縮；山端兩旁閃閃爍爍的霓虹燈，以及荒神橋燈的眼神，包括橋下的流水，便一齊潺潺地出現枯寒的景象。

六

城裡住久了，就會忘記四季，因爲高樓大廈只有空調，沒有四季；但水田是一塊看板，那是自然的看板。日本人以保存一方水田的方式，留住了城市裡的農村，從而留住了色彩，留住了音樂，留住了和諧安定的生活。

我回上海很多年了，每次回想日本，想的不是櫻花，不是富士山，不是日本的繁華和日本人的節儉。而是，那一片，我每天都要經過的——自然看板一般的——小木屋與水田。

六月的一件小事

一

友人給了我一張印刷精美的「大京都展」票子。展出的地點，在京都的西南郊，從我住的北白川出發，要沿著鴨川，穿過河岸，繞過城南宮。

六月的天氣，風景有點荒蠻，有點樸野。鴨川是平緩山夾出的川原河谷，水潺潺地向大阪灣流淌；流到鳥羽，河面寬闊起來；河心露出卵石，成了河洲，長滿青草，鳥在綠得透明的對岸叫喚。

二

入口處的工作人員，介紹了一位七十多歲的日本老婦人，由她領著。看展覽會，要人領著？我覺得奇怪。

進展覽館，先在外面的帳篷裡脫鞋子，然後進展覽館的大門。展覽會館鋪著地毯，當然要脫鞋子，這是日本人的規矩。爲了保護草地，有的日本公園也要求脫鞋子，我是知道的。

老婦人熱情地領我到入口處的帳篷裡，將脫下來的鞋子整整齊齊地放在一排一排的木格子上，木格子上的鞋子——整整齊齊——像一望無際的軍營——這是日本文明獨特的風景。

三

進了展覽館，我才暗呼上當，根本不是什麼展覽會，而是促銷會，請老婦人領著我，是他們搞創收，她介紹我買東西，利潤可以分成，這從老婦人的態度和殷勤的臉上看得出來。

果然，她領我去買「和服」，因爲和服最貴。

她用日語問：「先生，您想買什麼樣的和服？」

順著她的指引，我一看，那些和服真的非常漂亮，豔若雲霞，燦若櫻花，都是京都手工刺繡出來的，再一

看價錢，嚇了一大跳。幾十萬、上百萬日元，還不算貴的，我根本買不起。再說，我買了和服給誰穿？

我用日語說：「我不穿和服。」

她說：「你不穿，可以給太太買一件呀！要不，給女兒買一件。」

我說：「我沒有女兒，是兒子。」我根本不想買。

她沉默了，領著我走。

我不買和服，她又帶我看皮裝。我又嚇了一跳，一件在中國賣八百元的男式皮夾克，這裡要賣十九萬八千日元，加上寫明消費稅要二十萬日元。對不起，我說的都是實話，是明碼標價，沒有必要隱瞞。

日本的皮夾克比中國的貴二十倍以上，我一邊走，一邊算。

她看我走路的樣子像蛇遊，看展品眼光很空泛，沒有固定的地方，便問：「你想買什麼？」

我說：「我什麼都不想買。」

她問：「爲什麼？」

我能說爲什麼嗎？我能說當時的中國教授有多窮，一輩子工資也買不起一件和服嗎？

我不能說，只能幽默幽默。

於是，我說：「我的皮夾子不在身邊。」

她問：「在哪裡？」

我說：「在太太那裡。」

她說：「你太太在哪裡？爲什麼不叫太太一起來？」

我說：「我的太太在中國。」

她的臉一下子沉下來，知道我不會買，便自認晦氣。然後，她一路逢熟人就講，今天接待了一位買不起和服，買不起皮夾克，什麼都不買的中國人。她的日語說得很快，以爲我聽不懂，其實我都聽懂了。

四

別人先用同情的眼光看著她，然後用鄙夷的眼光看著我。

我很尷尬。只能一邊走，一邊自我解嘲地告訴她，和服就是「吳服」，也叫「唐服」，是從中國傳過來的；還有日本的大米也是從中國傳到日本的。

她對我的話不屑一顧，全然沒有心思聽我說教，走得很快。原來她跟著我，現在我跟著她，不得不加快步子。

按規定，凡是今天參觀的人，都有免費的盒飯和咖啡，她仍然帶我去吃。

盒飯是一小盒「弁當」，左邊桶裡，是免費的茶；右邊桶裡，是免費的咖啡。因爲沒有買東西，她又站在邊上，我有點難爲情，不好意思多吃多喝；只在她轉身的影子裡匆匆吃完弁當，喝一杯咖啡站起來就走。

出展覽會，她告訴我，有免費的巴士到竹田地鐵站，她也要回家。

在車上，她說，她是被組織來的，她在京都沒有子女，沒有收入，是平均生活費以下的孤寡老人，承蒙政府照顧，今天領到一張入場券，接待一個人，滿懷希望可以有一點收入，想不到接待的是我，讓她空手而歸，往返半天是小，還浪費了兩年才等到的一次機會。

我沉默了。

五

但這件事怪誰呢？怪我嗎？不能全怪我，因爲我實在沒有錢買。中國剛改革開放，大家都很窮。

知識份子還特別，又窮，又要面子。尤其是走進日本的商店，感受到空調和琳琅滿目的商品，自然不敢高步闊視。

沒有錢，買不起東西，光看，光聽、光聞，不免會有一種自卑感。

我覺得我無法對她說，無法向她解釋，解釋了她也聽不懂，她會覺得這是不可能的事。只能讓她以爲我有錢，故意不買；讓她告訴她的同伴，說今天倒楣地遇到了一個一毛不拔的中國人。

我們並排坐在大巴上，大家都沉默不作聲。瞥一眼頭髮花白，滿臉皺紋的她；想到她無依無靠，滿懷希望地來，一無所獲地歸去，心裡還是產生了深深的歉意。

於是，我開始猶豫，是不是要向她道歉，最終我沒有道歉，因爲不買東西是可以的。

六

到了竹田地鐵站，我們下了大巴，要分手了。

她點點頭，對我和藹地說：對不起，今天都怪她；沒有引導好，才讓我白跑了一趟，什麼也沒有買成。說完，轉身走了。

不知什麼原因，我的淚水一下子湧出眼眶，呆呆地站立著，然後朝她漸漸遠去的佝僂的背影，深深地鞠了一躬——久久沒有直起身來。

因爲我突然想起了——在中國同樣沒有工作，沒有生活保障的——我的母親。京都六月的一件小事，留在鳥羽青草瘋長河岸的記憶裡。

第五輯

屐之痕

界碑上空的鳥
從一個國家飛到另一個國家
不知道什麼叫國籍
自由不用護照
雙翼歌唱著飛翔
春天是惟一的選擇
與小鳥比起來
我們是帶著鐐銬的囚徒
是被炸斷的履帶

是失去青春的蝸牛
背著自己的家
用蠕動的身體爬行

我絕不做關押的囚徒
對於十年迫害和失去的青春
我要求歲月賠償並向我道歉

初航

一

初航，恰如初吻——第一次初體驗，新鮮、害怕、激動，還有幾分想嘔吐的感覺，初吻以後，也有想嘔吐的感覺。

「新鑑真」輪從黃浦江入長江，出吳淞口，天地一下子變成寬銀幕。船就像一枚蝌蚪，搖頭擺尾地游向湛藍的天空。

與緩慢移動的陸地相比，大海是一幅橫無際涯的圖畫；是一場厚重的風與水的音樂，是天地間最自由元素的歌唱，你可以在上面無足輕重地舞蹈。

二

鑑眞和尚歷經種種風浪磨難，第六次東渡日本，弘揚佛法；我

坐在「鑑眞」命名的船上，向著日本的神戶初航。

我倚在船舷欄杆邊，看天、看旗、看海；看海上雲起雲湧，雲在舒卷，水墨一般，雖然橫滿西天——那不是山。

茫茫大海沒有行人，偶爾有鄰船來過。在海面互相換位，默默地你過來，我過去，像在圖書館裡看書的兩個朋友，爲怕打攪別人，不能大聲說話，只能用鼻子輕輕「哼」一聲汽笛，把對朋友的敬意壓到最低，然後輕描談寫地各拖著幾十公尺的浪紋，向前不顧。

海鷗爲了追逐浪花，結隊前行，像銀燕，敏捷地掠過噴雪濺玉的船舷；在船的四周圍濺起數公尺細雪，如春天的柳絮在晴光下追飛。

三

從上海到神戶，如果走日本外海，要穿過大隅海峽，基本上與31N緯線平行西駛，路程和到大阪差不多。走內海近一點。春天，外海風浪大，走內海，我們非常幸運，日本內海眞的很美麗。

船，傍著日本內海曲曲折折的海岸線前行。一路海岸和山島，如掛歷在目，與船久久低昂。

船在海上，如馬在草原；人在船上，如騎在馬背，我們都是放牧的人。

在甲板上遠看，遙山淡淡的灰色，是兩岸牛背上卸不去的山影。近看，船全速前進，山島都奔馳起來。雪浪噴湧，勢如饑餓的獅群，浪花飛閃過去，又如花豹在捕捉飛羚；延綿、擁擠在一起的波浪，起伏一片，像直升飛機拍到百頭蠻牛大遷徙的壯觀，四蹄的浪，騰得像雪蓮一般。

四

到了晚上，船在一片燈火中穿來島海峽，它使我想起北洋水師和鄧世昌的船隊，盞盞燈火，如機關炮發出的火光，無數曳光彈朝我們的船射來，濺得海水四濺；在兩岸火炮的追擊下，我們的船越馳越快，退卻般從門司穿出，再從小呂島、壱歧島出去，把兩岸的火力網抛在身後。

我是艦船上一名大清水兵，問我們的船有沒有受傷？

輪機長告訴我：走日本內海到上海，比從大阪出發更近。

突然間，船怎麼變節般地降下了中國國旗，懸掛起日本國旗？正驚詫莫名，見許多人沖上甲板，一起歡呼——啊——神戶到了。

在茫茫大海上，人們渴望地平線；渴望閃閃發光的燈塔，渴望抵達陌生而美麗的彼岸。

船在公海上航行

一

出門司，就是公海了。

門司出口很窄。哪邊是九州？哪邊是本州？半夜裡弄不清。心想，門司，就是掌管日本內海大門的意思吧。

船在公海上，體會到自然造化的偉大和人的渺小。縱然是萬噸巨輪，在大海上航行，也只是雪浪一痕，芥葉一片，豆莢一枚，舟中人，兩三粒而已。

二

大海的脾氣，是老鰥夫的脾氣，又急又暴躁，說變就變。剛才還好端端的，一忽兒就狂風暴雨，電閃雷鳴，令你猝不及防。船員說，夏天看臉色，冬天看風色，春秋天，風色臉色都要看。

這使船上的享受有三份：一份風浪，一份頭暈，一份無聊。排遣風浪無法可想；排遣頭暈可以躺下；排遣無聊是看電視。因此，有不少人選擇躺在床上看電視。

每個房間裡都有電視，但仍然有人喜歡在船中央的休息室裡看電視，那裡地方大，電視機大，圖像清晰，大家一起看，可以自由討論。

三

此刻，大廳的電視機正播放歐洲足球賽，電視機前，有幾個日本青年圍著討論；我也是鐵杆球迷，就坐在他們身邊看。

忽然想到，我們的足球屢屢折戟東亞賽，但國人像癡心的家長，對沒有出息的兒子仍然寶貝得很。而日本足球現在亞洲排名第一，於是問他們：「日本最受歡迎的體育是足球嗎？」

他們說：「不是的。第一是棒球。」我想起了，風靡美國的，也會風靡日本。

「第二呢？」

他們說：「大相撲。」有人有不同意見，但他們很快地交流了一下，最後還是確定是「大相撲」。世界上只有日本有的獨一無二的體育項目，日本人很自豪，決賽的時候，天皇、皇太子、妃子都要來看的。

「第三呢？」我問。

「馬拉松。」馬拉松的確在日本很風行。

第四是橄欖球（美式足球），因爲聯賽和轉播都比足球多；第五才是足球。第六是排球……他們反覆認眞地討論著。

我們的奧運會金牌比日本多，但我們的體育主要集中在少數人身上！奪金牌是體育的目的嗎？

四

在浩瀚的大海裡，看不出船行的速度。你看見遠遠的燈塔，行駛了半天，仍然那座燈塔，看上去沒有動——那是大海欺騙你，背景欺騙你；用陸地上的眼睛看海，會讓你產生錯覺。

「你看，那艘船，離我們有多遠？」船員指著前方一艘可見英文字母的船問我。

「一公里。」我毫不費力地回答。

船員笑了，說：「不對，十公里。」

「那一艘呢？」

一艘更遠的，天邊黑點般的船。

我說：「十公里。」

船員說：「不對，二十公里。」

這就是大海了。大海上所有的事情，你無法用陸地的經驗來判斷。

五

在大海的睡眠裡，燈光是偶然的，如果有二、三盞燈光連在一起，那是就夢囈了。

當船在大海中央，等分地處在日本九州、韓國濟州島、中國山東半島的交叉點上，離三個國家海岸線最遠的時候，大排檔般緊挨著的電視頻道，像看見黑貓來了，全都溜之大吉。

所有的頻道都模模糊糊，沒有人物，沒有故事，沒有音樂，螢幕上全是快速跳動的刺眼的電子梭，織一匹黑白相間的布。最後像風中殘燭一樣，熄滅了，消失了。

我躺在船上，不聞風色，不聽水聲，不看海圖，更不用聽舟人夜語；憑一個頻道熄滅，一個頻道新生，我同樣知道，船航行在哪一片水域。

當日本的ＮＨＫ還很清晰，電視裡日語說得嘰哩呱啦，許多日本青年全聚集在電視機前的時候，船一定在日本內海；即使出了門司，也是行而不遠。

而中央四台節目漸漸字正腔圓的時候，船就正在一點一點地向中國海岸靠近。

六

平時在家裡看電視，誰能知道中央電視臺、NHK、鳳凰衛視和韓國電視臺電磁波的邊緣在哪裡？傳送的距離有多遠呢？

直到船在公海上航行，才知道國土是有邊緣的，時間是有邊緣的，人是有邊緣的，任何事，任何力量，任何觀念都是有邊緣的，連電磁波也有達不到的地方。

從日語、韓語、鳳凰台粵語、北京的普通話，到長江口的上海話。我們的船，航行在浪花飛濺的大海上，航行在國與國之間，也航行在不同的語言浪花之中——船在公海上航行。

初到神戶

一

船舷，掠過老外灘萬國建築的群塑，在東方明珠、金茂大廈、國際會議中心的彩色裡啓動了。

楊浦大橋慢慢後退並成了剪影，所有的人都站在甲板上，看船移動，看兩岸傾斜；此時有人揮手，有人激動，有人在心中，默默地向上海告別。

過了寶鋼，出了吳淞口，入海。此時，海水的顏色是黃色的；大家回到船艙，不一會出來看，海水已經變成蔚藍色的了。

在變成蔚藍色之前，藍色和黃色，在天際分割成兩大陣營，分成邊緣分明的兩種色塊，我們的船，就像一片綠葉，在藍色和黃色的音樂之中飄蕩舞蹈。

二

天氣預報說，今天是低氣壓，意味著有大風大浪。

八級風浪大作的時候，大海中無依無靠的船，就像一個不會打拳的醉漢上了拳擊台，被老拳王打得左搖右擺，東倒西歪；捂著臉，直不起腰。打在船上的海浪，像被重拳擊中頭部「嘭嘭嘭」地響。

此時甲板上，開起了音樂會，奏起了交響樂：有風的聲音，浪的聲音，船尾發動機轟鳴的聲音，猛浪撲打船舷的聲音，昆山玉碎的聲音，打碎花瓶的聲音，低聲部、中聲部、高音部一應齊全。加上左右顛簸，激烈搖晃，前方的黑雲，壓得船抬不起頭，幾乎沒入大海。

三

到了九州，風浪過去，心情才舒暢起來。沿著日本海，站在甲板上，倚著船舷看，所有的島嶼，都在初晨的陽光下排列得整整齊齊，閃閃發光。

船在大大小小的島嶼之間，逶迤曲折，一路閃爍著礁石和大海藍色的背影。當四周全是島嶼，我們的船，又夾在島嶼當中的時候，便覺得，日本的內海是一只酒池，四面的山島，是醉得七倒八歪的日本酒徒。

正在這時，天越來越亮，遠處隱約有螺號的聲音，不一會，「神戶港鎮水塔」石牌出現在前方，由卵石壘起的長堤，一直延伸到海中央。我們的船，就從塔右側的路標繞進，沿著長堤前行，這就是「入港」了。

四

遠眺神戶港，海是湛藍的，天是湛藍的。神戶港像出浴般毫無纖塵，又孕婦般的寧靜。一幢神女峰般高聳而俏麗的現代建築，醒目地聳立在畫面中央，我不知道它的名字，但我把它視爲心目中神戶女神的形象，那是陽光下的「冷美人」。神戶，是不是就是神女居住出入的「門戶」呢？

遠處，面對我們的一幅畫越來越大：

近景下半部是海水，佔據一大半畫面；上面是堤岸，是依稀可辨的房舍，街道上的綠樹，高低參差的建築；建築構成的中景背後，是遠景的整幅的六甲山，鬱鬱蔥蔥地橫在天際。

此時，海水與天空之間，有一條湛藍鑲白邊的浪線，色彩分明地停泊著大大小小、五顏六色的船隻；吊塔高舉手臂，高出遠處牛背一般的山脊。

五

終於可以看見停泊在附近的巨輪。大紅色的吃水線，與深綠的船身色彩分明，對比出現代的色塊；下面汽車在跑。

但是，港口一排建築物上那麼多窗戶，沒有一扇發現我，朝我看一看；沒有一個人，發覺我來了；沒有一個人，發現我走了；甚至連一隻盤旋的水鳥也沒有。一切只有寧靜，只有動盪的海水。

船靠碼頭了。日本「中央貨運」車來往穿梭，搬運工人的黃背心上，寫著同樣醒目的大字，他們熟練地開著鏟車，把比鏟車自身大十幾倍的貨物，從船上運下，像有條不紊的工蟻，大家各忙各的，誰也顧不上誰，顧不上歡迎我的到來。

我的心，爲什麼老想像有人歡迎我？老在乎有沒有人注意我呢？因爲海太美了，天太美了，雲彩太美了；因爲在我的心裡，有一股湧泉般的激情，那份美麗的感動，找不到人說。

六

在神戶寧靜而忙碌的早晨，彩雲凝聚不動；天空呈現緋紅和橙黃的色彩，像一塊水晶。

我張開雙臂深深地呼吸，把所有的寧靜，所有的色彩納進心胸；然後掉頭向前，拉著行李箱，跟上前面的人，魚貫出港。

暈船

一

此刻，人在舟中，舟在大海，海在子夜，夜在搖晃的夢裡。

夢是搖晃的，船是搖晃的，海水是搖晃的，黝黑的夜是搖晃的，只有天上的星星不變，隨著船行走。

二

早晨起來一看，啊，舟在太平洋的白浪中，我們正處在大海的中央。大海吞吐日月，包羅萬象。

萬頃深碧的海水，翻卷著千層白色的浪花，前呼後擁、洶湧澎湃、一望無際；船被波浪搖動著、推搡著、強迫著，風浪很大，逆風的船像一頭被拉著不肯走的倔強的牛。

狂風把甲板上的水，吹成鱗甲，吹成曲線，吹成煙霧，吹成四處遊動的蛇，門一開，人被風吹得站立不住，急忙關上門，不當心，一隻小貓的腿被擠壓在門縫中，不停慘烈地「嗚嗚、喵喵」地叫，我不知道小貓的腿壓在哪裡？誰把小貓帶上船？怎麼跑到甲板上來了？仔細找，不是貓，是勁風吹動鋼板縫隙的聲音。

人東倒西歪地站不穩，身體靠在電視機上，又彈回來，往後仰；茶杯「哐啷」一聲掉在地上，茶水流了一地。勉強上廁所，十幾步路，身體老是，撞了左牆撞右牆。

船上的服務員見狀笑了，說，從早晨六點鐘開始，風浪大了，船有點顛簸，不過，這是正常的，到十點鐘就會好一點。

什麼時候才到十點鐘呢？我們盼望著十點鐘；有人甚至說，下次寧願坐牢也不願意坐船。

三

早晨七點，船已在日本最西端的五島列島的西北方向，上午十點，船行駛處在韓國濟州島的南面。在地圖上，船離濟州島只有一、二寸的距離，但在甲板上朝南看，任你目力多好，也是煙濤微茫；濟州島的山崖、城郭、人民，遠在海平線之外。

此時，天碧藍、海碧藍，但在遙遙的風浪裡，感到心臟有點不舒服，胸悶得厲害，什麼碧藍、美麗都不美麗了。

船上的醫生說，有幾種人容易暈船，平衡好的人容易暈船、敏感的人容易暈船、女人比男人容易暈船；暈船和暈車，都與耳朵後面一塊「平衡骨」有關係。惟一的辦法是平躺在床上不要動。

但剛躺下，又覺得肚子餓，心裡慌慌的，說不清是餓，還是飽？也許都不是，是發毛。平原的人到西藏，會有高山反應；在西藏生活慣了，重回平原，也有平原反應，正如暈船的人，長期經受大海風浪，習慣顛簸不平的生活，重返陸地，會有「暈地反應」。

四

平時，一個人會供奉什麼教派，信仰什麼主義，執著什麼理想，一切得意和失意，到了此時，全沒有了。

信念沒有了、意志力沒有了、審美沒有了，只有一種失去方向、任憑漂泊的無奈；只有嘔吐了以後還想嘔吐；消極地期待風浪平息，盼望早點到達彼岸；此時，每個人都成了弱者，成了需要救濟的人。

去餐廳吃早飯吧。中飯和晚飯要自己花錢買，早餐是免費的。

離開日本第一天的早餐，應該是日式的點心、糕團、醬湯、壽司之類的東西。

五

餐廳裡冷冷清清的。

日本料理早餐的花色品種果然很多，只可惜沒有人品嘗，都說船上飯菜味道不好，其實，暈船比生病更挑剔，吃什麼都覺得無味，不能全怪廚師。

幾個來用早餐的人，全都奄奄一息地趴在餐桌上，毫無活氣，面對盤子裡的糕團、醬湯、壽司，不吃還吐；吐出都是膽汁和苦水。

六

一路跌跌撞撞地走過來。

看到船上的艙位，分「洋式」、「和式」兩種。每種又分四等：最貴的特等艙，裡面設備豪華，住著尊貴的客人，每每是國企老總、政府要員；此外是一等艙、二等艙，三等艙。知識份子乘不起特等艙，乘三等艙也不錯。這次三等艙，除了我，還有許多揚州去日本勞務輸出的農村女孩子。

人和人之間是不平等的。

人要分等級，分尊卑，分厚薄，分高下。奴隸社會如此，封建社會如此，資本主義社會如此，現在的社會同樣如此。

但你完全沒有必要生氣，以為人人平等？那是「平均主義」。在這個世界上，已經很少有平等的事情了，陸地如此，空中如此，海上也一樣。

七

不過，現在好了，現在大家都一樣，人人平等了。

你看——無論是「三等艙」還是「特等艙」；「洋式」還是「和式」，國企老總、政府要員、知識份子，或是勞務輸出的農村女孩子，現在人人都垂頭喪氣地都趴在桌子上——

暈船。

歸航

一

歲末，回家過年。

從日本——歸航。

正與人說話，仰頭一看，落日，已經溶化了金箔；暮雲，也合起了壁幛；血色的黃昏，有燈亮起來。

兩岸越來越寬闊，燈火漸漸地密了，又稀了，至來島海峽，已是半夜。

二

來島海峽大橋夢幻一般，飛在半空，連接九州和本州；在兩個州之間，搭起節日的彩門。這是日本最長的橋，也是世界上最長的橋之一——看不清它的邊緣。

橋下，燈光遊弋的船從遠處趕來；橋中，通體透明的高速電車奔馳著趕來；橋上，有光柱觸鬚般的甲蟲成串地趕來——汽車、電車、大船一起來——橋成了約會的地點。

此時，顫動的大橋、激蕩的海水、長鳴的汽笛、歡呼的人群，天地間合奏起神奇的音樂。

三

第二天，天氣晴朗。

突然，有幾隻水鳥，在波浪和陽光上高高地飛躍起來。那是一條條晶亮的弧線——比大海的藍光更強烈。

飛起，落下；再飛起，再落下；沉沒在海裡，一個生命消失了；又一個生命躍起，周而復始。

我倚在船舷邊，船在高速航行，小生命一路飛。我一次次悲哀地看著，無法挽救它們。在孤立無援的大海上，任何掙扎，任何努力都是徒勞的。海底世界是最寬闊的眠床，不用說小鳥，就是泰坦尼克號，也如芥末，大海也有足夠的空間，讓它舒舒服服地敞開四肢、躺在海底，任五顏六色的魚，在它的殘骸中優雅地來回穿梭。

這是什麼鳥呢？

是精衛鳥嗎？

無奈得無法訴說，便去問船員。

船員告訴我：「那不是鳥，是飛魚。」

「飛魚？」我有點不相信。它們原本是鳥吧！落在海裡，才成了魚，飛魚應該是飛鳥變的？

爲什麼成了魚，還想飛呢？

因爲飛魚有飛鳥的靈魂，始終嚮往著天空、嚮往著鼓翼、嚮往著飛翔——落在海裡，不怕。

四

看過飛魚，回房間，走過卡拉ＯＫ廳，聽到裡面滿是喧鬧和歌聲——一群從揚州去日本勞務輸出的農村女孩子，正聚在一起唱歌。

在仲介和勞務公司的安排下，她們去日本的工廠裡打工，工作很繁重，每月15萬日元，但10萬給仲介和勞務公司拿走了，她們只能拿5萬，要吃飯，要住房，本來不夠，好在日本老闆經常要求她們加班加點，有一點加班費，加起來有6萬多，便歡天喜地了。

這是仲介、勞務公司和日本人聯合起來的殘酷剝削。這種剝削，比以前地主的剝削還重二倍。但農村很多人羨慕受剝削，盼望這種剝削。

一年了，她們省吃儉用，扣除房錢和飯錢，已經有了一點點結餘，她們揣著餘下的錢，高高興興地——歸航。

在船上，她們正花錢唱卡拉ＯＫ。她們是不小氣的，小氣的是過去的貧窮。

五

我也住在三等艙，和她們是隔壁鄰居，每次見面，都點頭微笑。

她們見我走過來，便邀請我唱「北國之春」；我唱了一遍，她們拍著手說：「你唱得這麼好，再唱，再唱。」

她們爲我點歌，爲我付費；然後爭先恐後地爲自己的親人點祝福的歌，分開一年了，她們實在想念。

雖然唱不好，但她們鼓足勇氣，想摸一摸從來沒有摸過的話筒；翻一翻從來沒有翻過的歌譜，唱一支，從來沒有唱過的歌曲。在船上，享受一下卡拉ＯＫ，這是一種經歷、一種情趣、一種嚮往的生活。

唱過了，消費過了；消費的目的，是爲了對親人的祝福，也證明自己有了錢，唱得好不好無所謂，像飛魚飛得高不高無所謂。

六

中國農村的水很深，我們的祖祖輩輩都埋在裡面。

現在突然有了飛出水面的機會，讓陽光把自己的翼，照射成金色、銀色的弧線——以一種從未展現過的姿勢——飛翔——她們是一群亮麗的飛魚。

雖然落下來，但有過飛翔的經歷，就會渴望羽翼，渴望自由的天空。

七

第二天早餐時候，沒有風浪了。日本ＮＫＨ和其他外國電視臺的信號已銷聲匿跡，中央電視臺熟悉、親切的聲音開始響起來。昨天早晨的日本料理，也變成春捲、稀飯、榨菜和小饅頭——船尾的日本國旗降下來，新升起的是迎著早晨陽光的中華人民共和國國旗。

此時，耳邊的語言也發生變化，節目主持人在電視裡說普通話，船艙、大堂裡的普通話也響成一片。

鳥都變成了魚？昨天從神戶出發時說日語的日本人，現在都說起了上海話，原來他們——「阿拉都是上海人？」

快到家鄉了，不僅說起了上海話，樣子、氣質都變了，連笑也放肆起來——上海人喜歡隨緣——在什麼地方說什麼話——在什麼地方學什麼樣子。

最有趣的是，會說幾句漢語的日本人，也不說日語，用漢語與船上的人交流了。那景象眞有趣，隨著船航行，海域變了，國家變了，人群變了——語言的外套也變了。

八

船經東海，從雞骨礁、橫沙、長興島、崇明島右折南下入吳淞口，同室的日本學生把臉貼在窗戶上，對著一艘艘停在寶鋼附近的巨輪——驚呼「偉大」——「偉大」。

隨著船的鳴笛，我心裡也奏起了《歡樂頌》。

但不知爲什麼，我又皺起眉頭來——

昨天離開神戶，神戶港神女般冰清玉潔，海水清澈如游泳池的水；到上海後，黃浦江卻像一鍋麵湯水，又渾又黃；遠處金茂大廈和東方明珠都生了病，臉裹在沙塵暴的薄膜中，這是怎麼回事呢？

回到中國，一些不盡如人意的事又讓我沉重起來，我覺得有許多事要做。

不要想了，你看，揚州女孩子們一直在向我揮著手，先和她們告別吧！

不管怎麼說，我們——歸航。

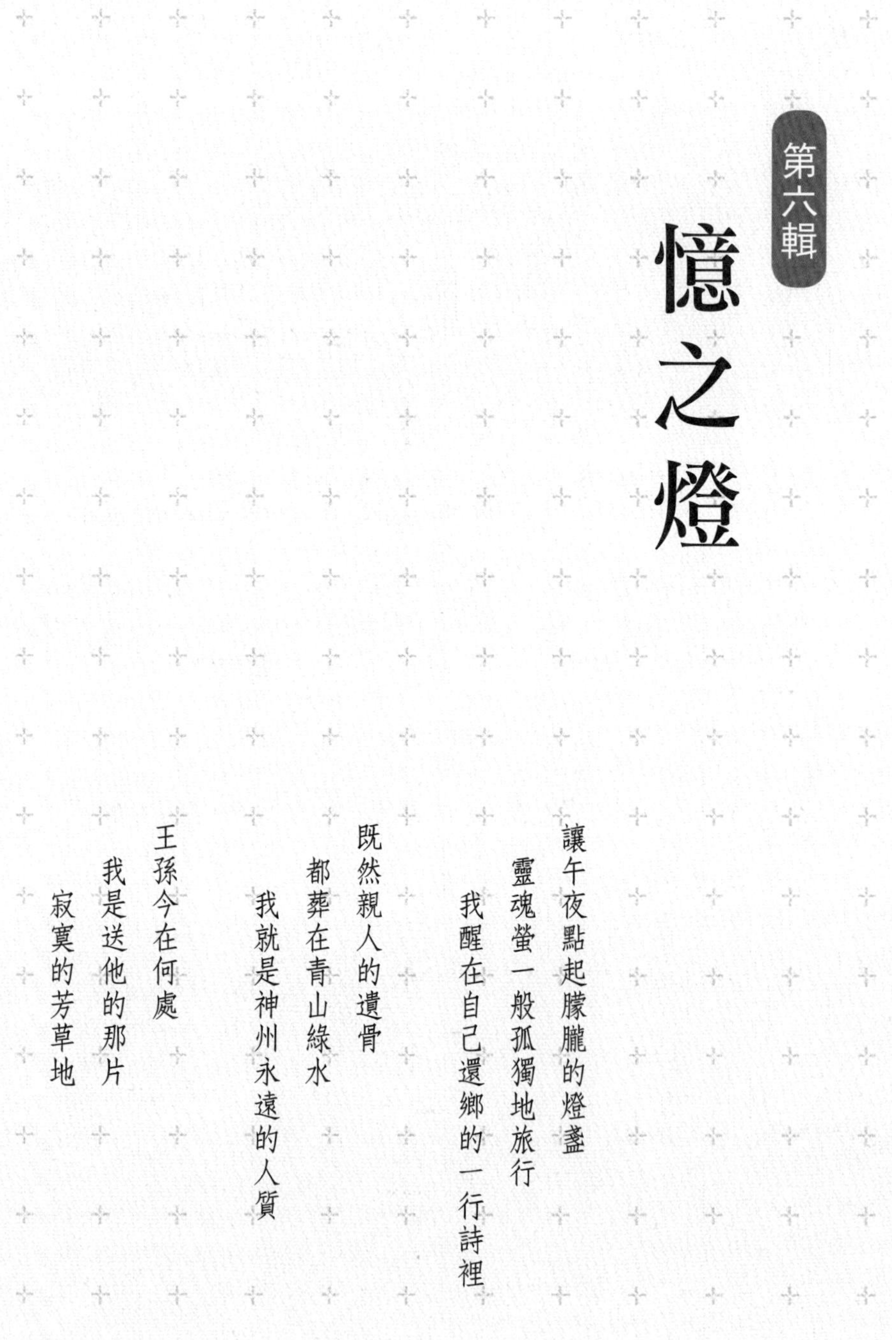

第六輯

憶之燈

讓午夜點起朦朧的燈盞
靈魂螢一般孤獨地旅行
我醒在自己還鄉的一行詩裡

既然親人的遺骨
都葬在青山綠水
我就是神州永遠的人質

王孫今在何處
我是送他的那片
寂寞的芳草地

不管春天在哪裡
天涯在哪裡
馬蹄聲在哪裡
我都要拋棄家產歸來
重攜小喬的手
過江南平民的生活

夢 雨

一

又夢見你了，我的小雨。

你瀝瀝淅淅、絮絮叨叨，像一個情人，在我耳邊低語，說一些期期艾艾的話。你的聲音老在牙齒邊上打旋，像簷下被風吹斷的雨滴，重複時斷時續的泣吟？

你熱切期盼的眼睛，滿是淚水的臉，擾亂著我的夢魂。

二

想起當初見面：乍見之下，我驚呆了。

我凝視著你，你的臉上蒙著透明的輕紗：你的眼神和舞姿，永遠女孩子般癡迷；像一陣因風輕輕飛旋的雪。

你是那麼年輕，那麼清純；你的姿勢，像流暢而雅致的線條；你彩虹般站在雷雨的身後，像天女飛花般絢麗的微笑，我的眼睛很難捕捉你。

第一次見面，你甚至不必下，我的池塘裡，已佈滿你透明的韻律。

三

此後小雨頻頻來。

——在橫塘，在柳岸，在橋頭。

雨中，你濕潤了我，我濕潤了你，在我們都需要濕潤的季節。那時，帶電的雲馳過乾旱悸動的大地，透明的水簾，便不顧一切地遮蔽六月的天空。

雨，越下越大，我們冒雨朝前走，你瘋狂地挽住我的胳膊，帶著一股向心力的

動勢，朝我這邊傾斜，我必須用力撐住飄蕩不定的紙傘。
啊，小雨，你使我迷茫，使我斷魂。何日才能忘記，屬於我們的雨天的日子？
我發誓，攜你，一去不返，如范蠡攜著西施，去尋找五湖的春天。

四

自來京都，我的窗前，再也看不到你娟秀的筆跡，聽不到你動人的歌吟了。
異鄉也有雨，異國也有花。
悄悄地，來了，滿開，映著我的背影，在雨巷，在身後，在紅綠燈的盡頭。
我在荒島上艱難地跋涉，心裡孕育著江南的雨意；我的千千結，結滿朝你打開的窗戶。
雖然滯留異鄉，我的衣襟上，留滿的，仍然是你濕潤的叮嚀。

五

離別後，一陣小風使你彷徨；動搖的你，便暈成滿紙的濕潤。
陰晴不定，孩子臉般善變的小雨啊！你來去倏忽，讓我感到害怕。
等我回來，還是當年的你麼？等我回來，還是溫柔的你麼？等我回來，還是透明的你麼？

曾經飄在我肩頭的小雨啊！你是春天，我是秋天。在你仰起臉，朝我看的時候，我讀出了你眉宇間的悲傷。

我很感激，你以你的年輕，使我年輕；以你的纏綿，使我纏綿。你把飛花攪入我的生命裡。

六

你說讀了燕子的來信，又感覺到我輕雷般的男中音？

你被雷鳴震撼得黯然驚悸？當著東風啼鳥的面不能自抑，斜雨淋淋？而整個春天，就在不能自抑的雨聲中度過了。

你離別的故事？令我感傷：

雁影把你帶過橫塘，飛絮讓你墜落水中，風暴帶你漂流遠方。

其實，我也想告訴你，雨季以後，李花悲傷得白了頭；杜鵑啼出血。不只是瞬間的美麗，而有今生今世訴不完的情愫。

只是驚詫，秋的我，怎麼有甚於春的多情？

七

在迷蒙不清、月色沉沉的半夜，在江南石橋畔，你像找錯人家一樣，急急地，密密地，濺起一陣煙，然後亂叩我的窗櫺。

你好像忘了對我說什麼，是提醒我，過去的歡欣？離別的思念？還是討論：這場雨該不該下？請不要說了，你已經被風吹斷；但我永遠記住，你飄逝的誓言。

八

又夢見你了，我的小雨。

在半夜，在異國的紙窗下，當我傾聽你的時候，我的心，正如一柄殘荷，盛滿暗自飲泣的雨聲。

今夜，你何必在我枕邊，對我祈禱？對我懺悔？請我寬恕？還要寬恕幹什麼呢？即使重到江南，我也趕不上春天。

黃鸝不必叫了，杜鵑不必啼了，我已經準備回家。
雷聲漸漸老了，柳色愈顯年輕。誰能借來青絲，插滿山花的清狂？
家鄉的鱸魚蓴菜又在秋風裡，沒有小雨，也擬歸去。

憶柳

一

眼前，正是日本的櫻花季節。

我在信裡，緘一朵，京都的櫻花，遙寄隔海的你。

那是我緋紅的思念啊，我渴望，得到一片柳葉。一片江南的柳葉，一片籠罩長堤雨意的柳葉；一片卷起來，吹出水鄉船歌的柳葉；一片，和你臉龐同樣秀麗的柳葉。

家住江南的，是你？是柳？分不清；夢中，是青青的柳；柳下，是亭亭玉立的你。就算鵝黃嫩綠不是你的花襯衫，眯縫的柳眼也能表達春天。

二

柳啊，憶你。

在遙遠的京都的三月天裡憶你；在飛著風箏的清純的三月天裡憶你。

自從把船繫在柳岸，我的夢，便縈回在草長鶯飛的季節。柳下，傍船；岸邊，繫舟；繫舟的，是你；解舟的，也是你。恨不能飛鳥一般，銜春思，穿行在你柳絲的倩影裡。

三

小舟，搖出了小鎮的畫框。長堤無語，風也無力。滿面愁容的詩人，告別了江南。此時，所有的柳葉，都揮成羅帕的意象；所有的柳枝，都搖曳出歌聲；所有的柳樹，都列隊在春風裡。向詩人告別的柳樹，是故鄉的樹，是有感情的樹啊。路，出了城外；船，離了別浦。帆，舞在日暮，人，去了遠方。

四

分別的日子，漸漸地，傾斜；漸漸地，坍塌；漸漸地，平了，平成地平線。

隔著三月的煙花，我已憶不起你當初眞切的臉。

當時分別的情景，越清晰；現在的回憶，越朦朧。只有，心如秋池的水，一天比一天凝重；人如春盡的花，一天比一天消瘦。

五

柳啊，憶你。

倚著京都寺廟的欄杆憶你；迎著大阪夕陽下微醉的酒旗憶你；在風景宛如江南的嵐山憶你；凝視著滿街的紅燈籠憶你。

京都四條的紅燈籠，那是中國式的紅燈籠啊！爲什麼這裡的人把多情的柳樹，貶到小舟撐不出的邊緣？

六

柳啊，憶你。

在櫻花的窗前憶你。

因爲雨季漫長憶你；因爲歲月黯淡憶你；因爲異國寂寞憶你；因爲深情而憶你。

啊！今年的春天，柳色又如你的髮絲了；我何日，才能成爲——柳間歸來的燕子？

憶江南

一

你認識一個叫江南的女子嗎？你就是那個叫江南的女子嗎？

在江雨霏霏的早春，我憶的是你，亭亭玉立的你，青青的你，江南柳腰一般髮絲垂地的你。

二

我們分別很久了。在異國，在漫長得叫不出名字的日子裡，我憶你的四月，你的晴朗，你的濕潤，你的氣息與呢喃。江南的雨季，濡濕了酒旗。

我們分別後，你，就是我的故鄉。你的臉，像江南橋頭的明月，一天天消瘦的，還是那片清光。你穿一件青綠的衣衫，靚女一般，寧靜的身影，是橋頭細雨遮不住的燈盞。

三

我走了以後，我們之間便聳起一座綠色的郵局，又饑又渴的我們，從郵局的一頭，領取另一頭寄來的書信過生活；

我走了以後，我們之間便下了一場大雪，雪下白了所有通向你的小路，我失去了方向，迷失在文字的亂碼裡；

我走了以後，我們之間便隔著一天星斗，透過藍色的夜空，牛郎織女互相望穿迢迢的銀河。

四

現在，我正在給你寫信。啊，假如我的信上，不寫一個字，只寫滿了——江南。

我能寄得出嗎？

你能收得到嗎？

收到後，你能認出我的筆跡嗎？

不知爲什麼，今天我在夢中寫你名字的時候，竟然陌生了，我覺得我不在寫字，而是一圈一圈畫你的臉。

我覺得，今天的春天，和十年前的你長得很像。

但我擔心，重來江南，你還會爲我鋪綠裙般的草地，開胭脂般的花？給我同樣的微笑麼？我們還能站在花樹下，任一陣風，讓四處飄旋的花片，輕輕揚揚地濺落我們肩頭而不去拍打它麼？

五

異國也有雨，異國也有花；在燈紅酒綠的街頭，在紙醉金迷的背後；濡濕我的衣衫，迷蒙我的雙眼。我抖一抖衣袖，任京都的蟬，大阪的雲，神戶的燈，我憶的是——江南。

我憶江南的落花，江南的雨絲；雨中的柳，柳邊的船，船上的人，人吹的簫，簫的哀怨。

今天的雨，怎麼說著夢囈？今天的雨，竟如鄰船

的病狗，孩子般「嗚嗚」地哭？那是東瀛的雨，沒人聽——我病了，病於江南。

六

卷起重重的帷幕，倚遍所有的欄杆，夢魂千里萬里，不如春天歸去。我們約定，我騎青驄馬，你乘油壁車，如蘇小小和她的情人，約在江南繫舟的岸邊。

我決心在攬起風絮的季節，拋卻書卷，仗劍返國。

我要撥開梅熟的雨簾，從酒香、月影和陳逸飛的畫裡，踏上青石板的小巷，走過雙橋，重回江東，娶我日夜思念的小喬。

我要撐開一江春水，用小舟，載你——過江南。

春子

一

春子是我在京都教過的日本女學生，住在東京。

好看的日本女孩子，臉差不多是長圓的，身材瘦削，鼻子像富士山。據說是流行的「骨感美」，春子就這樣，不僅人漂亮，而且懂事，漢語是全班最好的。

我上課的時候，有時日語講不出，就講漢語，請她翻譯，她翻得很流利。考試的時候，中譯日，我出的題目是翻譯我寫的散文《客寮聽蟬》，她翻得最好。她說，她以前在臺灣教過日語，在臺灣生活過三年，漢語自然好了。

課程結束，考試結束。

臨別的時候，我們交換了位址和電話；她說她住在東京新宿，如果有機會去東京，請我去找她。

二

回到京都，我就不斷地收到大大小小的包裹，經常是肉脯、魷魚乾等吃的東西、或者風鈴、玩偶、信箋、各種紀念品。拿在手裡，不必拆開，看那種精緻的樣子，就知道是她寄來的。

幾個月以後，我回國了。但每年春節、元旦，仍然會收到她寄來的賀卡。

她每年寄，我也回復。她寄來，我寄去——風箏一般。

三

幾年後，我有機會去日本東京大學文學部。

她來信興奮地說：「到

了東京，一定要打電話給我。」

到了東京，我住在離渋谷不遠的「駒場」會館，打電話給她。

我問：「我們在哪裡見面呢？」

她說：「你來新宿找我吧！」她說了自己工作的地方，我們約在新宿車站的一個大看板下見面。

大看板很醒目，上面是一個男影星的巨幅照片。哪怕從遠處來，一眼也可以看見，不會認錯。

我想像她站在高臺上白衣裙隨風飄揚的樣子，一定會很好看。她日語好，漢語也好，又年輕，有在臺灣教日文的經歷，會在大公司當白領，大公司很歡迎這種人。

四

走近了，只見她站在一家小咖啡店門口。

我想，她請我喝咖啡，所以約在這裡？

「不。」她拉著我的手說：「老師，我在這家咖啡店工作，當招待。」

她說她在咖啡店當招待的時候，沒有一點自卑的神色，好像還很自豪似的；只有我驚愕得說不出話，啊啊，好在她沒有注意我臉上驚愕的表情。

我皺著眉，上下打量，這家咖啡店太小了，而且是違章建築；搭在兩棟房子之間，原來是過道，蓋了個頂，成了臨時的攤點。沿牆壁兩旁放桌椅，兩邊坐著喝咖啡的人，中間很窄，難以轉身。

她熱情地招呼我，但我無法跟她進屋。

擠在門邊，她招呼我坐下，但沒有坐的地方。

星期天，人很多，眞是忙。她顧不上我，便上前歡迎剛從我胳膊底下擠進屋的客人。我尷尬地站著，在不算短的時間裡，任進進出出的客人左碰右撞，不時地挨他們的胳膊肘，站不穩便像陀螺一般旋轉。

她招呼客人，還要倒咖啡、端咖啡。好像扔下我不管。

我無法理解她的工作，也後悔今天來。

五

尷尬地站了二十分鐘，在我想離開的時候，她歡天喜地地告訴我：「她下班了。」

「到哪裡去呢？」她問。

我說：「不知道。」

她說：「先到咖啡店裡坐坐吧。不能在我們店，去另一家。」

店外車水馬龍，路很窄，幾個彎一轉，就失去了方向。日本的咖啡店，許多都開在大看板下面。不知爲什麼，她幾次推門進去，又幾次退出來。末了，進了一家，燈光幽幽的，黃色的牆壁，配上深咖啡色的門，黃銅的手柄，牆上掛著大幅十七世紀義大利油畫的複製品，桌上放著鮮花。

揀了角落的但很有情調的位子坐下。

春子在咖啡工作，她喜歡咖啡的味道，喜歡咖啡店裡彌漫的濃濃的惆悵意味。還有，一杯咖啡是一根線，能牽出十年、八年，甚至二十年前的往事。

六

在咖啡店，經常可以看到一些令人驚豔的年輕女子獨坐一隅，美麗而憂傷地低著頭，影星一般披肩的長髮，擱在椅子上的纖手，燃一枝煙，偶爾投來一瞥，亮麗而高貴。我不明白她們爲什麼這樣，有時奇怪地朝她們看，朋友說：「你不要這樣朝她們看。」今天和春子一起來，感覺就不一樣了。但我想，要是春子一個人來，是不是也像以前我在咖啡店看到的女子，美麗而憂傷，甚至還有一種頹唐的表情呢？

在中國，我只喝龍井茶，不喝咖啡。走在京都大學對面的街上，經過咖啡店門面，見櫥窗裡，各色的瓶裡裝滿各色的咖啡豆，有巴西的、美國的、幾內亞的、哥倫比亞的。春子說，不同的產地，不同的香味。不必用眼睛看，聞香味就知道了，但我不行，我聞不出，而且不認爲這是一種本事。

日本有一首歌叫「傷心酒店」，就問她：有沒有叫「傷心咖啡屋」的？

她說：「沒有。酒店是發瘋的感情，咖啡屋是惆悵，不發瘋，但更徹骨綿長，難以忘懷，因爲那是不絕的思念。」她停頓了一下，猶猶豫豫地補充說：「以前總跟一個人來喝咖啡，每次都惆悵。今天老師從中國遠道而來，我心裡很高興，一點不惆悵了。」

七

我問：「你去過中國大陸嗎？」

她說：「沒有。很想去你們上海。」

我說：「你來上海，一定要打電話給我，和我聯繫，我要好好招待你。」

我們聊了很多。

忽然談到家，談到家庭，我說：「你成家了吧！」

她突然紅了臉，不回答，一個勁地搖頭。

怎麼可能呢？我有點不相信。

沉默了一會，她突然說，戀愛過，戀愛了七、八年。

「後來呢？」

「分手了。」

「爲什麼？」

她把眼光轉向別處，輕輕地歎了一口氣，說：「那是一個有妻子的男人。」

「啊喲，對不起。眞的對不起。」我一下覺得失禮，不該問。一股濃濃的失落和悵惘的感覺，在咖啡香和幽幽的燈光下翻騰。

八

「我們去唱卡拉ＯＫ吧。」她建議說。於是，我們站起來，離開令人感傷的話題，去唱卡拉ＯＫ。

臨走前，她又爲我要了兩塊麵包，一大杯冰淇淋。她知道，剛從中國來日本的人，總有一陣子吃不飽；日本人到中國出差回來也一樣。以後胃逐步縮小，就飽了。

在小街轉悠了一會，挑了一家。

卡拉ＯＫ是日本發明的，與速食麵一起，被認爲是二十世紀日本人的「三大發明」之一。但到了日本才知道，卡拉ＯＫ最流行的，不是日本，是中國。凡是最流行、最消費、最享受的東西，流傳到中國最快，並且最受人歡迎。

日本業主發現，來日的中國人比日本人更喜歡唱卡拉ＯＫ；爲了做中國人的生意，許多卡拉ＯＫ店就日本歌兼中國歌，隨便你唱哪一國的歌。

但這家不兼，這家店全是日本歌。

翻點歌簿，日本歌裡，我只會唱一首《北國之春》。那是日本人思念故鄉，思念戀人、思念哥哥和老父親的，暫且拿來思念自己的故鄉親人吧。

第一首《北國之春》，第二首《北國之春》，第三首還是《北國之春》……唱了一遍又一遍。

「就唱一隻歌？」她驚奇地問。

我說：「我只會唱這只歌。」

於是，她就笑著連續不斷地點《北國之春》，唱了一小時《北國之春》。

九

我請她唱，她不唱；她說她喜歡聽我唱。

我堅持要她唱，勉強了一會，終於，她唱了一首我不知道名字的歌，顯示在屏幕上的歌詞是——

第一次認識你，你把我帶到一家情人旅館；我深深地愛上你的肌膚，再也離不開你。

幾次問你家裡的電話，你不肯告訴我。

一次無意看了你的通訊錄，看見，在我的電話前面，寫著一個男人的名字。

偷偷地跟著你，來到你家，聽到你家孩子的哭聲……

歌唱慢慢變成哭泣，她哽咽著說，唱不下去了，請我原諒。

我突然想到，剛才的歌詞，不正是她自己的遭遇嗎？我一下收緊了心。不再問，也不再說話。

十

「我們去吃飯吧」她說。

我們離開卡拉ＯＫ屋去吃飯，那是中國料理；味道並不正宗；而且一邊吃，一邊想剛才的事，也吃不出味道。

吃完飯，她又帶我看花展；各種各樣的花卉，高低錯落，被擺成比花還要精巧的樣子；這些花我都不認識，也不想認識，我關注的是春子的心情。並排走的時候，偶然瞥見她的臉，她的臉一直蒼白著，爲了陪我，強打興致，讓我很難受。

我眞後悔魯莽地問她男朋友的事？還有那首卡拉ＯＫ。

是我無意中深深地刺痛了她？還是她本來就想借咖啡和卡拉ＯＫ，把心底的這些事告訴我這個異國的老師，通過講述，減輕一下她過於沉重的悲傷呢？

我要回京都了。

她默默地送我。

我默默地乘車。

十一

到京都了。我還在想春子的事情。

自從和春子喝過咖啡以後，不喜歡喝咖啡的我，漸漸地喜歡喝了。不是喜歡咖啡本身，而是喜歡咖啡店裡感傷的氣氛，苦苦的味道，一種堅貞、執著、嚮往；一種和咖啡聯繫在

一起的憶念和迷茫得說不清的情緒。

後來，我聽說幾個爲了追求愛情，一輩子留在咖啡裡寂寞的女人的故事。現在有的已經六、七十歲，老了，但仍然傻傻地堅守著年輕時的諾言。

我住的寮附近，就有一位這樣的老女人，爲了從前的戀人，一輩子不結婚。我進寮出寮，經常在路上看到她滿是皺紋但仍清癯秀麗的臉。

每次，我都不知覺地要回頭看她的背影，深深地震撼，也深深地遺憾。日本這些女性對愛情竟如此執著認真，像中國古代《烈女傳》裡的故事？

雖然我敬佩她們的精神，但仍強烈地希望，春子不要成爲那樣的人；不要愛那個有妻子的男人。

十二

回國以後，不去咖啡店，喝咖啡也在自己家裡，當時中國沒有那樣消費性的城市精神避難所，春子也沒有來過信。

十多年過去了。

聽日本友人說，有一次過年，春子隨旅行團來到中國，還到了上海，熱切地想見到我。我答應她來上海，一定好好招待她的。但她給我打電話，一直打不通，最後只好失望而歸。

我搬了幾次家，改了電話號碼，沒有通知她，也無法通知她。

在過去十多年的歲月裡，春子有家庭了嗎？有孩子了嗎？有男朋友了嗎？還在那家大看板下的小咖啡店裡工作嗎？

什麼時候，我才能再用清水般的心情，重新品味異國那苦香的咖啡呢？

後記

一

這是我的第三本散文集。

這本散文集，是我數度訪學日本的筆記；是前所未有的、最眞實、最難忘的內心記錄；是感性和理性搏鬥的痕跡；是我掙扎，像五月的梅子在風中不停地搖擺並成熟起來的標誌。

二

京都龍谷大學留學生會長馮克瑞，介紹我認識非常有才華的女詩人林祁，詩人林祁又介紹我認識京都大學的蔡毅博士，並進入日本留學生的文學圈。

林祁和散文家孫立川等人曾創辦《荒島》文學社；《荒島》停刊後，《嵐山》接上來。中國留學生在日本創辦各種文學雜誌花開花落，人心有芬芳要表達，花開了；學成回國，花落了。

時任日本關西留學生副會長的蔡毅博士喜好文學，主編《嵐山》，並請國內著名的書法家啓功先生題簽。我去京都後，他向我約稿，我給了他我寫的詩文，這是我在旅日文學圈發表作品的開始。

一九九三年七月，日本的中國古典文學研究會在京都大學召開。按照日本的習慣，全體「一次會」結束後，還有圈子小一點的「二次會」、「三次會」、「四次會」，每次換一個酒店，再花錢喝酒。

蔡毅邀請我參加他們的「二次會」，我以沒有帶錢拒絕了。

蔡毅說：「那沒有關係。你不是有四篇稿子在我這裡嗎？每篇五千日元，夠喝幾次酒。」這使《客寮聽蟬》爲我賺過兩次酒錢。

三

二〇〇七年，我的第一本散文集《歲月如簫》由人民文學出版社出版。首刷五千冊不到一個月就賣完了，二刷也早賣完了。自己的文字受能讀者喜歡，就像生個孩子大家都誇聰明漂亮一樣，是最開心的事。

更開心的，人民文學出版社散文編輯周晴，讓我寄一本《歲月如簫》給北京師範大學的張國龍先生看看，得到了他們的肯定。

北京師範大學是全國散文研究的重鎮，研究古代散文的有郭預衡、郭英德、過常寶諸名家；研究現當代散文有劉錫慶、王泉根、張國龍等著名學者，他們享譽學林，眾所敬仰。結果是，教育部「二一一工程」重點專案、「十二五」國家重點圖書出版規劃項目的《中國散文通史》「當代卷」「抒情藝術散文」裡，對我的散文有兩千多字的專門論述，令我喜出望外。

四

本書中的文章，有的曾在報紙上發表過。但報紙是「公共綠化」；副刊更是草坪一角。在報紙上發文章，猶如尺幅盆景，刪繁就簡，不能直立，不免病梅。而自己編集的時候，就可以讓它們站起來，枝葉舒展，像長在田野裡一樣瀟瀟灑灑地長在我的書頁裡。

我不是哪家報紙、雜誌的主編，但我是自己博客的主編，我的文章大都發表在博客上。發表的時候，不需要領導簽署，我要給它什麼篇幅就什麼篇幅，要給它多大標題就多大的標題。要做到這些，十多年來爲我建立博客並不斷打理的上海師大圖書館副館長胡振華兄，是我最要感謝的護花使者。

圍住博客的學生，蜜蜂般辛勤，在我的博客進進出出，採集花粉。畢業的飛走了，新入學的飛進來。我的博客是他們共同的家園。他們點評，像春風麥田裡灑落的陽光，播散的金粒。

現實中，有人用眞名講假話；網路上，有人用假名講眞話；但一般的眞話不足以說明我，我喜歡說有溫度的眞話，最眞的情話，悶雷一般發自胸臆，細雪一般在心裡輕輕地迴旋。

這本集子裡的文章，很多是我的日記改成的。這些日記就像警察，把我已經忘得乾乾淨淨，逃跑得無影無蹤、早就消失的故事和細節，像抓逃犯一樣追捕歸案。

五

有點搞笑的是，年輕應該創作的時候，正逢史無前例的十年「文化大革命」，只能讀書做學問；不再年輕的時候，卻搞起創作來。像我兒子，老師不在，別的學生爬上課桌椅，站在上面大吵大鬧；老師快來了，其他學生紛紛逃下課桌椅假裝坐著，兒子卻爬上去，讓老師逮個正著，就像我現在寫散文的狀況。

我寫散文的時候，覺得自己在作曲，音樂在我筆下流淌，我把它譜成歌曲；我把每一篇散文，都看成是一首七絕詩，雖然只有二十八字，但立意謀篇，結構佈局，講究平仄和內在的韻律，字斟句酌，一字不苟；我把寫散文當成是建造我的墳墓，造好了，自己準備住進去。

父親離開我們九年了，我小學的時候，他要我好好讀書，在班級裡「數一數二」；大學畢業要我考博士，當教授，那是他理解和期待兒子的事；對兒子想成為詩人和散文家，則在他的理解和期待之外。他一輩子當工人，不知道工人之外，世界上有詩人和散文家。

母親已經養成在《解放日報・朝花》、《文匯報・筆會》和《新民晚報》報縫裡尋找兒子名字的習慣，像沙裡淘金，發現了就打電話告訴我，她是我散文最忠實的讀者。我的每一篇散文，她都講得出來；寫給母親看，是我寫散文最大的動力之一。

妻子陳啓純和兒子曹迪民既是散文的見證者，描寫對象，又是第一個讀者，我的散文經常先給他們看，讀給他們聽，他們會提出很好的意見。

復旦大學著名的陳思和教授，是我一九八四年考復旦大學博士生時認識的老朋友。打電話、見面，他總是鼓勵我多寫；認為這是人生重要的一個方面；有創造價值，是值得去做的事業。

去年在南昌開筆會時，王安憶對我的散文也鼓勵有加。她是兩個晚上把我的《歲月如簫》全部看完的，說寫得好。上海作協的趙麗宏兄，總用他的溫柔的眼光堅定我寫作的信心；華東師大圖書館長胡曉明教授時常以他的文化詩心，對我散文立意作獨到的指示。蕭華榮教授每打電話則談散文，談史鐵生，談俄羅斯文學的風格；安慶師大文學院長方錫球兄，經常看我的博客，留言鼓勵，特別對《春子》的評論，是我努力的方向。上饒師院文學院程肇基院長，無錫的馬千斤部長，都喜歡我的散文，關心我散文的出版。

老領導阮興樹，是改變我命運，強迫我擔任校行政工作的人。當研究生部長和上海師範大學圖書館長十多年的時間，對科研大不利，對散文卻大有利。

因爲當幹部會議多，爲了和文山會海爭奪時間，我總在開會的時候寫散文；會議內容全部忘記了，散文卻成果累累；雖然官做不上去，但也有失有得。同學黃剛，當了領導，但我們每次見面，都談散文，談他的感想，老同學爲老同學高興；翁敏華兄的散文寫得比我早，也寫得好；楊劍龍兄的小說越來越引人關注，並且成了學生研究的對象；他們都是我的榜樣。唐詩專家朱炯遠對我的褒揚不遺餘力，指教良多；散文家徐開壘的女婿馬國平一直要求我：「你應該每年出一本散文集。」

學生劉強、楊賽是兩個才子，讀我的散文，撰寫評論刊登在《文匯讀書週報》和《文學報》上，他們自己寫的文章也各具特色，具有潛力。

臺灣著名散文評論家、逢甲大學張瑞芬教授說我的散文「語言簡潔，眞摯凝練，熔鑄古今，意味雋永，一派天眞無邪氣象。」「每一篇都是你的，因爲每一篇都有你的氣質和人格精神在。」「不過」，她說：「你眞的要不被人忘記，還要多寫。」這就要我更激情地去熱愛，去燃燒，去歌唱。

六

福建師大文學院院長陳慶元教授，送我一本他在台灣蘭台出版社出版的《東吳手記》，軟精裝，漂亮得不得了。我整日摩挲，愛不釋手。

在他的介紹下，這本小書也塗脂抹粉，精心打扮，坐上花轎，高高地攀上了蘭台。我們出版著作，從講究出版社的門第，講究印數，到講究印得好看，一個人一輩子總應該有一本印得圖文並茂，賞心悅目的好書。

本書的命名，北京大學傅剛教授、邵曼女弟子和她的父親，以及張敏、雅莉、張恕、曉瓊喜歡《日本米》；而立新、光波、劉強、新方、楊賽、當前、唐玲、聰聰、陸路、葉露、碧薇、乙珈、曉婷、華莎都喜歡《客寮聽蟬》，而且寫了許多能說服我的理由；維哲、乙珈的理由尤其充分。友人吳澄和學生新方對我散文的旨意多有闡發。

「客」是我的身份；「寮」在東瀛；「蟬聲」寄託的，不僅是悵惘的鄉愁，故土的思念，更是世事無常、人情冷暖的體會；是聽「蟬」悟「禪」，一代知識份子對「精神棲居地」啼血的求索。

在這抒情的荒年，也許更能成爲我文風意象的符號吧！

曹昇之

二〇一四年十一月十一日　星期二

於上海伊莎士花園55號夢雨軒

附錄：《中國散文通史》評價

「當代卷．抒情藝術散文」第二十六節：

曹旭（一九四七年生）江蘇金壇人。上海師範大學教授、博士生導師。已出版學術著作《詩品集注》、《詩品研究》、《中日韓詩品論文選評》、等。散文集《歲月如簫》是其散文代表作。曹旭的散文創作，潛心將詩人之散文、散文家之散文和學人之散文融為一體，重在寫物之哀、寂之美、人之情，語言幽默，文字簡約、素樸，意蘊深厚且含而不露。

曹旭說，在大學裡教書好比是「種田的」，搞文學創作如同「打獵的」。而他本人，「既種田，又打獵」。作為學者，曹旭醉心於散文創作的原因在於，他「是一個相信文字魔力，相信文字能夠釋放痛苦、安頓生命的人；相信在這個世界上，凡是我所經歷體驗過的一切，我都能用文字支起一座溫暖的帳篷，讓痛苦和疲勞有一個棲息之所的人……社會轉型，世風必惡；何以解憂？唯有文學。因此，與竹居，不如與詩居；與酒居，不如與小說居；與美人居，不如與散文居。」因此，在散文裡，他生活著，創作著，美麗著。「所有的良辰美景，賞心樂事，當它們還在的時候，我就擔心它們離去，當美好的景色凋謝，親人逝去以後，我只能用回憶挽留它們，用文章祭奠它們，用簫聲喚回它們。」

曹旭的散文集《歲月如簫》，收錄了其散文創作的精粹，匯粹成「歲月如簫」、「忘川之歌」、「異域之眼」、「漫適之興」和「親情之泉」五類。每一輯不僅內容有別，敘述方法和寫作風格亦景觀各異。

「歲月如簫」一輯，敘說了「我」與「世界」的衝突。其中，《乘車遇偷記》寫出行的煩惱；《我學跳舞》寫老三居一代人生的錯亂；《養草書齋記》寫自己其實是進不了《群芳譜》的盆草；《身高的煩惱》寫青春期的夢魘；《工廠的浴室》寫精神的空虛。特別是《我的位置》，記述了「我」在沒有座位的情況下，鑽進火車座位下睡覺的感受，具有濃郁的隱喻性。作者說「環顧左右，整個車廂都在搖頭晃腦，昏昏欲睡，沒人理會；不鑽白不鑽。」於是鑽。「但是，鑽不進。換了幾種姿勢都不行。」「鑽不進的原因：一是，人到中年，有發福的嫌疑；二是多年來提倡知識份子清高，不向五斗米折腰，無形中使自己的腰板越來越直，越來越硬，以致該彎的時候彎不下去。」在被掃地的服務員踢了一腳，並被呵斥「請你起來回到自己的位子上去」以後，作者憋著一肚子火朝好怒吼：「我沒有位置。對不起，我的位置就在這裡！」坐沒有位置，鑽又鑽不過販子，多一份自尊，便多一份煩惱。整篇文章，有記事，有描敘，有議論，有抒情，是散文，像寓言，也像小說，內涵頗深。《我學跳舞》則影射了特定時代的「錯倒」現象。作者說他們那一代人，「老是錯位，老趕末班車，老是趕不上。我們不怪誰，我們是老三居。其實，我們的工作，學習，事業，愛情，樣樣事情裡都有摔跤動作的，不只是跳舞」。可謂微言大義，一語中的。

「親情之泉」一輯，縱情抒寫無價，可腳印依稀；燈火闌珊了，親情是我的車站。祖母帶我在月臺上，小雨濕潤我的眼睛。遠去父親的背影，是我的地平線。」《祖母的棉絮》一文，作者活現了一個祖母的溫暖、慈祥。「棉花胎是祖母送給我的最後的禮物，棉花是好親手種的。棉被裡的空氣，是故鄉田野上的空氣，綠色的空氣，祖母呼吸過的空氣。棉被很溫暖，因為裡面儲存著陽光，哪市照在祖母臉上的陽光，金燦燦的陽光。睡在棉胎被子裡，我們會像初春哺育出來的小雞雛，躲在老母雞的翅膀下面一樣，不僅溫暖，且有受到保護的感覺。」而在《供祖宗》裡，作者難以抑制對祖母無盡的思念。「五十年過去了。祖母早已逝去，老屋也倒塌了。鄉下舊物，只有祖母在院子裡種紅櫻桃，老根仍然開花。但是，有誰聽過？有誰去聽紅櫻桃開放時『撲簌、撲簌』的聲音呢？那是我童年的聲音。」物是人非之歎，淋漓於字裡行間。《父親在窗口澆花》一文，作者寫父親死後，母親不得已將父親曾愛不釋手的花送人。「自從父親不再趴在視窗澆花，以後又以離開了我們，關於話的故事，春天的故事，關於兄弟姊妹團聚在一個家庭，和父母一起生活的故事，也就結束了。」轉眼間，人非物亦非，那浸透骨髓的悲哀欲說還休。「都怪過年不好。過年我們長大了，父母就老了；要是不過年，光陰停下來，大家都不老，親人永遠在，那該有多好。」看似兒童稚語拙思，但促人深省。

此外，「忘川之歌」中的許多散文，蘊藉了唐詩宋詞的意味。比如《憶江南》、《憶柳》、《夢雨》、《天仙子》等，有的本身就是宋詞的詞牌。寫作時，作者將人的形象和物的意象有機相融，把女性和江南相連綴，物我同一。在《夢雨》一文中，作者把雨比喻成女孩子，「第一次見面，你甚至不必下，我的池塘裡，已佈滿你透明的韻律。」漫適之興，中輯錄的散文，乃精美的小品文。無論是對臺灣的描述，還是對絲瓜、扁豆的和螢火蟲的娓娓道來，皆趣味盎然，引人入勝。

總之，曹旭喜歡安徒生，迷戀泰戈爾和屠格涅夫，皓首窮經鑽研中國古典詩詞（特別是唐詩宋詞）。因此，他散文中許多詩性的句子葆有泰戈爾風範，不少率真的情思具有安徒生童話般的澄澈，而唐詩宋詞的意境更是自然流瀉於筆端。

【注】：此書自先秦、兩漢、魏晉南北朝、唐、宋、元、明、清至當代。是教育部「二一一工程」重點項目；「十二五」國家重點圖書出版規劃項目（郭預衡、郭英德總主編）。

附　錄

國家圖書館出版品預行編目(CIP)資料

客寮聽蟬 / 曹昇之作. -- 初版. -- 臺北市 : 蘭臺, 2015.10
面 ; 公分. --(人文小品系列 ; 8)
ISBN 978-986-5633-15-8(平裝)

855 104018038

客寮聽蟬

作者：曹昇之
編輯：高雅婷
美編設計：涵設
出版者：蘭臺出版社
發行：博客思出版事業網
地址：台北市中正區重慶南路一段121號8樓之14
電話：(02)2331-1675或(02)2331-1691
傳真：(02)2382-6225
E-MAIL：books5w@yahoo.com.tw或books5w@gmail.com
網路書店：http：//bookstv.com.tw/、http：//store.pchome.com.tw/yesbooks/
http：//www.5w.com.tw/、華文網路書店、三民書局
總經銷：成信文化事業股份有限公司
劃撥戶名：蘭臺出版社 帳號：18995335
網路書店：博客來網路書店 http：//www.books.com.tw
香港代理：香港聯合零售有限公司
地址：香港新界大蒲汀麗路36號中華商務印刷大樓
C&C Building，36，Ting，Lai，Road，Tai，Po，New，Territories
電話：(852)2150-2100 傳真：(852)2356-0735
總經銷：廈門外圖集團有限公司
地址：廈門市湖裡區悅華路8號4樓
電話：86-592-2230177 傳真：86-592-5365089
出版日期：2015年10月 初版
定價：新臺幣350元整
ISBN：978-986-5633-15-8